曲り角

Takuro
kaNki

神吉拓郎

P+D BOOKS
小学館

目次

小指

夕方近くなって、佐藤のいる部屋に、やっと井口が顔を出した。

照れくさそうに、にやにやしている。

「どこへ行ってたんだ、今頃まで」

「飛び廻ってたんです。なかなか片付かなくて……」

「そうか、逃げたのかと思った」

「まさか」

井口は、にやにや笑いをやめて、神妙な顔になった。頭をぺこんと下げて、

「よろしく、お願いします」

と、いう。

「よろしい。明日、十一時半、Nホテルのロビーで」

「はい、十一時半、Nホテル、ロビー」

「今夜は、飲んだくれるんじゃないぞ。見合いの席で、居眠りなんかされたら困る」

「そんなことしやしません」

「お前は、飲んだ翌日は、目が真っ赤になるから、すぐ解る」

「目薬を差しときます」

「くれぐれもいっておくが、すっぽかしたらいかんぞ。俺が大恥をかく」

井口は苦笑した。

「信用がないんだなあ」

「なに、念の為だ。俺だって大変なんだぞ。お前がうまくやってくれないと、俺は亭主失格だ」

佐藤は、細君の顔がちらちら浮んでくるのを、慌てて振り払った。

「大丈夫です」

「……ところで、……どんな気分だね」

「どんなって……、部長も経験はあるんでしょう」

「俺はこう見えても、恋愛結婚で、見合いは一回もしていないんだ。君は」

「二度めです」

「俺もしときゃよかったなあ。恋愛なんかするんじゃなかった」

「若気の過ちですね」

井口は、すまして、そういった。

「うまく行くかなあ」

「明日ですか。……まあ、成り行き次第ですよ」

井口は、平然としていた。


佐藤の夫婦は、何度か見合いの仲立ちをしている。

佐藤は、他人の結婚に、それほど興味はない。細君の幸子にいつも引きずられて、腰を上げるかたちである。

幸子は、仲間の夫人連と絶えず連絡を取り合っていて、写真の交換をやっている。もちろん適齢期の若い男女の写真ばかりで、それでトランプ遊びのように替えっこをしている。

よく飽きないものだと感心するが、佐藤が考えるよりも、こういう趣味は、ずっと奥の深いものらしくて、細君は一向に飽きる気配を見せない。

細君が、電話で、そうした情報の交換をしているのを聞くと、この種の情報市場は、おそろしく完備しているらしい。見合いの結果や、婚約成立のニュースは、いち早く、この手の夫人連の間を駈けめぐって、その都度、最新の情報としてファイルされるようである。

そして、たまには、そうした適齢期の青年男女について、仲介好きの夫人連の間で、縄張り争いのようなものも起ったりするらしい。佐藤は、細君が、電話で仲間と悲憤慷慨《ひふんこうがい》し合っているのを、一度ならず耳にしている。

「要するに、暴力団が、麻薬商売にからんで争っているようなもんなんだなあ」

と、総務部長の小川が、笑っていたことがある。小川の細君も、世話好きな女で、その世界では、かなりの実績と顔を持っているらしい。佐藤が、そういうと、小川は苦笑して、

「いやいや、うちのなんかは、まだ駈け出しで、上にはたいへんな首領《ドン》がいるらしいよ」

と答えた。

「とにかく、女の争いは凄いからねえ。俺も片棒をかつがされて、閉口するときがあってねえ」

小川は、首を振り振り、匙《さじ》を投げたような風をしてみせた。

翌日の土曜日は、晴れて、暖かだった。

佐藤は、コートなしで出掛けることにした。

「風邪を引きますよ」

と、細君がいったが、佐藤は取り合わなかった。着慣れたコートでも、やはり肩が凝《こ》る。身軽になって、春の気分を味わいたかった。

「井口さんの方は大丈夫でしょうね」

と、細君は何度めかの念を押した。

「うん」

佐藤は頷いた。

細君は、和服に毛皮のショールをしている。

その日の朝、美容院に行って来たせいか、いやにきちんとした髪型をしている。色のついた眼鏡は、老眼兼用である。佐藤は、なんだかバアのマダムのようだなと思った。

待ち合せ場所のホテルのロビーで、佐藤は井口を見つけた。ちゃんと頭を撫でつけて、真っ白なシャツにきちんとネクタイを結んで、大分男ぶりが上っている。

「どうですか」

「うん、すこしは見られる」

「ネクタイ、地味すぎますか。縞《しま》のやつの方がよかったかなあ」

「まあ、いいさ。行こう。敵は先に行って待ってる筈《はず》だ」

そのホテルのレストランは、佐藤も何度か使ったことがあるので、勝手を知っている。メイン・ダイニングとは違う小ぢんまりとしたフランス風の調度のレストランであった。二人が入って行くと、細君が、先方の三人連れと話しているのが目に入った。娘と両親である。

「……こういうレストランは苦手だなあ」

と、井口は小声でぼやいた。

「気にするな、見かけ倒しだよ」

「ワインのお好みは、なんて聞かれたら困っちゃう」

「馬鹿いえ。迷うような高いのを飲ませるもんか」

その日の勘定は、佐藤持ちである。

二人に気がついて、先方の三人連れが腰を上げた。

一目見たときに、佐藤は、悪くないな、と思った。

感じの明るい娘である。

顔立ちがはっきりして、背が高い。

佐藤は、気がついて、傍の井口と見くらべた。井口より娘の方が、どうやら背が高いようだ。井口もちょっと驚いたらしい。目をぱちぱちしている。

「次女のすみ子でございます」

と、父親が娘を紹介した。

すみ子が頭を下げた。

佐藤は、いつも、見合いの席で、不思議な感慨にとらわれる。

それまで見ず知らずの男女が、初めて顔を合せて、やがて結婚まで進む可能性さえあるということは、佐藤にとって驚きですらある。

といっても、彼は見合結婚を無謀だと思っているわけではない。幸子と恋愛結婚をした彼は、恋愛結婚の何たるかを知ってしまったような気がしている。考えてみれば、今では、むしろ見合結婚の方が、よっぽど神秘的であるし、ショッキングで、尽きせぬ味わいがあるように思える。

佐藤が、そんな感慨にとらわれながら、候補者の娘の横顔を眺めていると、細君の幸子に横腹を小突かれた。

「あなた」

「ん」

ぎくりとして、見廻すと、それぞれの前のグラスに、ワインが満たされ終ったところだった。

佐藤は慌ててグラスを取り上げると、

「それでは、これを御縁に……」

あとは適当に、口のなかでむにゃむにゃと呟《つぶや》くと、形ばかりの乾杯の音頭を取った。

その日から、一二週間、佐藤は、仕事の忙しさにまぎれて、すっかりその見合いのことを忘れていた。

それを思い出させたのは、細君である。

「ねえ、どうなったかしらん、あなたの方は……」

そう聞かれても、佐藤は、気付かなかった。

「なにが」

と、聞き返して、初めて思い出した。細君は、井口からの返事のことをいっているのだった。

翌日、佐藤は、井口をつかまえて、昼めしに誘った。

「どうだい、向うはかなり気乗りしてるようなんだが……」

先方からの返事は、二三日前に届いていた。

井口は、コーヒーのカップをかき廻していて、なかなか答えない。

「どうなんだ。厭なら厭で、別に構わないがね」

すると、井口は、まだコーヒーをかき廻していたが、ふと、スプーンをとめて、

「はっきりいって、まだ、決めかねてるんです」

と答えた。

佐藤は、その返事を聞いても、別に動じなかった。

ただ、自分がなかなか好もしいと思った娘の、どこに難があるのか、それに興味をそそられた。

「背が高過ぎるかね」

「いいえ、そんなんじゃありません。背の高いのは好きです」

「ふうん、とすると……」

井口は、額のあたりに手をやって、ちょっと猿のように生え際のところを掻いた。

「これは、第一印象だけだから、よく解らないんですけどね」

「うん」

「ちょっと、派手過ぎるような気がするんですよ」

「性質がか。よく解るな」

「そういわれると困っちゃうんですが、ぼくの知ってる女性たちにくらべると、着るものも趣味も、ずっと贅沢です。遊びかたも贅沢なようです」

「そうかね」

「向うのお母さんを見ると、よく解ります。その母を見るに如《し》かずといいますから」

「なるほどね」

「どうも、上昇志向の強い家庭のような気がするんです。そこへ行くと、うちは、ごく地味な家だし、ぼくも、それ程偉くなれそうもないし」

「解らんぞ、今に社長になるかもしれない」

「そりゃ駄目です。そんな気もないし」

そこで、井口は、珍しく真面目な表情になって、こういった。

「ぼくがあこがれているのは、堅実な家庭なんです。堅実で、しっかりした女房です。文句のすくない、たいていの事ではへこたれない女房が欲しいんです。気まぐれでなくて、気持の安定した女がいい。見た目はそれ程よくなくても、それがいちばんだと思うんです」

「ほう」

佐藤は意外だった。井口というこの若者がそんな家庭を思い描いているなどということは、想像もしなかったことである。

「部長には、意外かもしれませんが、本当は、ぼくの家庭は、ちょっとばかり不幸な家庭だったんです。父と母は結婚して東京に住んでいたんですが、母は、子供の口からそういうのも変ですが、上昇志向の強い人で、いつも下級官吏の父を馬鹿にしていました。勝気な女性だったんです。父親の方は、苦り切った顔をするだけでした。父が相手にしないもんですから、母は、ぼくに父の悪口を散々吹き込みました。

それが度重なるにつれて、ぼくは段々と母から遠ざかるようになりました。ぼくだって成長していたし、父の苦痛が感じられるようになっていましたから」

井口は、そこで言葉を切って、しばらくコーヒーの色を眺めていた。

「駄目ですね。それから、大人になっても、どうも女性をやさしい目で見れないんです。結局、父は早めに田舎に引っ込んで、母の方も諦めておとなしくしていますが、ぼくにはどうしても父の結婚は不幸だったとしか思えないんです。ぼくが、なかなか結婚出来ない理由は、どうもそのへんから来てるような気がするんです」

「そうか」

佐藤は、いささか鼻白んだが、

「まあ、しかし、臆病になることはないさ。女にもよるよ」

と、気休めをいった。

「そうか、あのお嬢さんにも、不安なところがあるかね」

「よくは解らないんですけど……」

井口は、ちょっといい淀《よど》んだが、

「……あの小指に気がつきましたか」

と、急にいたずら小僧のような目つきになった。

「なんだ、小指って」

「つまりですね。あれッ、気がつきませんでしたか」

「……なにも」

「食事をしてるときに、おやっと思ったんですけど……」

井口は、そういいかけて、

「あ、そういえば、先日は、なにからなにまでお世話になりました」

と、慌てて礼をいった。

「なんだね、今頃……。それよりも、なにに気がついたんだ」

「それがですね。ぼくは、ナイフやフォークの使いかたが綺麗な人って、すぐ惚れちゃうんですよ」

「妙なところに惚れるんだな」

「だって、解るんですよ、あれは微妙に解るんですよね。気持の落ち着きかたとか、教養が出るんですよね」

「偉そうなことをいうね」

「まあ、いわせて下さい。あのお母さんを何気なく見てたら、スプーンを持ってる指にも大きな指環が嵌《は》まってて、随分高そうな指環だなあと思って、でも、そんなことはいいんです。そのスプーンの持ち方が可笑《おか》しくて、四本の指で持って、あまった小指をぴんと立ててるんです。それを見てたら、不意に可笑しくなっちゃって、娘の方を見たら、彼女の方も、小指をぴんと立てて……」

井口は、忍び笑いを洩らしながら、コーヒーのカップを取り上げて、その耳をつまんで、実演をやって見せた。

「コーヒーの時もこうなんです。あの親娘は家にいるときでも、こういう手つきでコーヒーを飲むんでしょうか」

その気取った様子が、あの親娘に生き写しだったので、佐藤は思わず苦笑させられてしまった。

それ以上問い糺《ただ》さないでも、井口の気持は解った。

問題は、細君に、なんと説明するかであった。これが難問だった。

「そうお、あんないいお嬢さんなのに、どこが気に入らないのかしら」

果して、細君は、不興げに口をとがらせた。

「どこがとは、いわないんだがね。なんとなく、釣り合わないんじゃないかとか、そんなことをいってたな」

「そんなことないわよ。奥さんの実家に資力があれば、随分有利になるのに」

細君は、全くその気持が解らないという。

「井口さんって、相当のへそ曲りなのね」

「そうだな。へそ曲りなのかもしれない。そういえば、小指がどうとかいってたが」

「小指が」

細君は首をかしげたが、

「ああ、あの、テレビのコマーシャルでやってるあれかしら」

といい出した。

「なんだ、それは」

「つまり、結婚する男と女は、生れたときから、小指と小指が赤い糸で結ばれてるんですって、きっとそのことでしょ」

「へえ、そんないい伝えがあるのか」

「迷信よ。今どきそんな古いいい伝えを信じる人なんていないわ」

「でも、あの男はへそ曲りだからな。それを信じていて、あのお嬢さんとは、赤い糸がつながっていないと思ったのかもしれないぞ」

「馬鹿ねえ。だいたい貴方が、よくいってきかせないからいけないのよ。井口さんにとって、こんないい話はまたとないのに」

見合いが不成功に終りそうな形勢なので、細君はひどくお冠《かんむり》であった。

「第一、先方になんと申し上げたらいいのよ」

結局その見合いは不成功に終って、細君の幸子は、仲間の夫人たちに対して、ちょっと面目を失ったかたちになった。

当然、そのとばっちりは佐藤にも及んで、彼はしばらくの間、鬱陶《うっとう》しい思いをしなければならなかった。しかし、考えてみれば、結婚成立後のトラブルにくらべれば、見合いの不成功の方がずっとましであった。佐藤は、そう思って自ら慰めることにした。

先方へは、背丈の不釣合いを理由にしたようである。

佐藤は、それを聞いた時に、ちょっと可哀そうな気がした。背が高いというだけで敬遠されては浮ばれない。もうすこしましな口実はなかったのかと、気の毒であった。

井口は、相変らず忙しがっている。

その後、一緒にコーヒーを飲んでいた時に彼は、突然思い出し笑いをして、カップを持った手の小指を、ぴんと立てた。

そして、佐藤に、

「あの親娘、今でも、こうして、お見合いをしてるんでしょうか」

と、聞いた。

傘

どうやら仕事にきりがついて、時計を見ると、七時になっていた。

野尻は、彼につき合っていた小野洋子と新田を、近くのパブに誘った。

二人とも、疲れて、腹をすかせていた。

野尻もそうだが、二人とも昼を抜いている。

洋子は、すっかり目を窪《くぼ》ませている。

月曜日は、いつもこうだった。それに月末も近い。

「ああ、やっと終った」

と、洋子が笑った顔を見せた。朝から初めての顔である。

三人は、雨のなかを歩いて、近くのビルの地下のパブに入った。

店は、そのあたりに勤める人々で一杯だった。煙草の煙と、話し声が、入口の階段まであふれて上ってきている。

すこし待って、ようやく席にありつくまで、三人は殆ど押し黙っていた。口をきくのも億劫《おっくう》に思えた。

周囲を見廻すと、どの顔も疲労の色を浮べている。陽気に喋ったり、笑ったりしているけれど、それは惰性で喋っているだけで、一度黙り込んだら、たちまち居眠りでもしそうな具合である。

野尻たちは、つまみを二三品取って、水割りを飲んだ。

野尻もそうだが、洋子も新田も、それぞれまた一時間は電車に乗らなければならない。ここで寝転がって、そのまま眠ってしまえればどんなに楽だろうと思うが、家へ帰りつくまでが、勤め人の生活のうちである。その店の客の誰もがそうなので、会社の近くで飲むのと、電車を降りてから、自分の近所などで飲むのとは、気の許しかたも自然に違ってくる。その店の客たちは、顔つきも雰囲気も、まだ勤め先の空気から脱け切っていないように見えた。

水割り三杯くらいが、野尻の適量である。

洋子も同じくらいだが、その日は、赤くなるのが早かった。

新田は、専ら食べる方である。いつの間にか焼きうどんなんか注文して、平げていた。

適当に切り上げて、勘定をすませ、店を出ようとしたときに、小さな事件があった。

野尻の傘がなくなっていた。

雨降りなので、店の入口のドアの外に、傘立てが出してあった。

男持ち女持ち取り混ぜてかなりの数の傘が差してある。雨の日の、見馴れた光景である。

ひとつひとつに錠がかかる傘立てもあるが、その店のはそうではない。

野尻は無造作に突っ込んで、別にそれ以上気は遣わなかった。何本もまとまっていると、どれも大差はない普通の傘だが、それまで間違いはなかった。

ところが、どうも自分の傘が見当らないのである。

見渡しながら、野尻が首をひねっていると、洋子が気付いて、

「ないんですか、課長」

という。

「おかしいな。どうも見当らないんだ」

「誰かが持ってっちゃったのかしら」

「君たちのは」

「あります」

洋子も新田も、それぞれ自分の傘を手にしていた。

野尻の傘だけが、消え失せてしまったのである。

「弱ったな」

「誰かが間違えて持って行ったんだろうか」

「もう一度確かめてみよう」

一本一本見直して、確かにないということになって、野尻は、支配人らしい男を呼んだ。

支配人は、上の空だった。

この忙しいのに、という表情で、

「どなたかが、間違えて持ってらしたのと違いますか」

と答えた。傘の番まではしていられない、といわんばかりである。

洋子が、むっとして喰って掛ろうとする気配を見せたので、野尻は押しとどめた。

取られたにしても、間違えて持って行かれたにしても、どっちみち、取られ損、間違えられ損で、いい争ってみても、水掛論になるのは目に見えている。厭な気分にさせられるだけのような気がする。

野尻がもうひとつ消極的であったのは、その傘がごくありふれた傘で、これという特徴に欠けていたことである。色も、多分紺色というだけの記憶しかない。柄もごく普通にある曲った取手がついているだけで、おそらく合成樹脂かなにかだろうと思うが、それも、はっきりした区別は出来ない。名前もつけていない。ないない尽しできりがない、という歌の文句の通りである。

支配人は、野尻のいう傘の特徴をメモした。

そして、名刺を、といったけれど、野尻は名刺を渡す気もなかった。

「また、寄ってみるよ」

というと、支配人の男は、

「ときどきあるんですよ。うちも困ってるんですが……」

と、いい訳にもならないことを口にした。とにかく責任は絶対に回避するという習性でこり固っているようだった。

おもての通りへ出ると、雨がまだ降っていた。

洋子は、腹がおさまらない様子で、

「なんだろう。すみませんの一つもいわないのよ。あんなのってあるかしら」

と憤慨した。

「仕方がないさ。証拠もないし、傘一本で喧嘩したって始まらないだろう」

野尻は、新田の傘に入れて貰った。

洋子の傘は小さ過ぎて、二人は入れない。

野尻は、電車のなかで、すこし眠った。

降りる頃に、雨はあがっていた。

野尻の住んでいるあたりは、東京とかなり天気の差がある。

どうやら、それ程降らなかったようで、駅前の大通りは、濡れていない。

こんな天気のときは、傘の忘れものが多くなるだろう。

野尻は、自分もどこかに傘を置き忘れたことにしておこう、と思った。

家に帰ると、妻の澄子は、子供を寝かしつけている最中だった。だから、傘の話はしないで済んだ。

そのまま万事が終って、傘が姿を消したままなら、これはどうというほどのことはない些細な話である。

野尻は傘を一本新調した。

またなくすかもしれないと思ったので、ごく安いのを買い、前の傘のことは、すぐに忘れてしまった。

ところが、それから何週間か経った或る日、野尻がふと気がつくと、ポーチに、なくした筈の自分の傘が干してあった。

彼は、しばらくの間、あっけにとられて、その傘を眺めていた。

手に取って調べてみると、間違いなく自分の傘であった。

そういう風に、目の前にあると、はっきりと見覚えがある。

どう考えても、その傘がどうしてそこにあるのか解らない。傘に羽か足が生えて、飛んで帰って来るかどうかしない限り、そこにある訳がないのである。

彼は、あわてて澄子を呼んだけれど、彼女は買物に出掛けたようで返事がなかった。

やがて帰って来た澄子をつかまえて、問い糺すと、前の日に借りて来た傘だという返事がかえって来た。

澄子は、きょとんとしていた。その傘が、夫のなくした傘と同じものだと気付かなかったのだ。野尻も澄子も、両方ともかなり迂闊《うかつ》なところのある人間である。神経質な面もあるけれど、どこか欠落したところがある。澄子が或るとき癇癪を起しているので、彼が聞いてみると、両親のところへ電話を掛けたが、何度ダイアルしてもお話し中で埒《らち》があかないという。そこで、野尻が替ってダイアルを廻すと一ぺんで通じた。それまで、彼女は一心不乱に自分の家の番号を廻し続けていたのであった。澄子に関してそういう失敗は珍しくない。

澄子は、その前日、昔の同級生の家を訪ねた。何人か友人が集ったらしい。帰りがけに雨になったので、その家から、何本か傘を借りることになった。

「いくらでもあるわよ。持ってって」

と、その友人は、人数分の傘を出して来て、一同に持たせた。

「返さなくていいから、差してって頂戴。男もので悪いけど……」

その家では、雨が降るたびに、傘がふえるのだそうである。

「雨が降るたんびに、キノコみたいにふえるの」

彼女の夫は、傘を持って出るのが嫌いで、降られると新しいのを買うか、借りて来るかする。面倒くさがり屋で、返さないでもいいという条件のついた傘しか借りないから、雨が降るたびに傘の数はふえて、新品中古取り混ぜて傘大尽になった。

「だから、ご遠慮なく、人助けみたいなつもりで持って行って頂戴」

そういわれて、気軽に借りる気になったという。

野尻は、その話を聞いて、いくらか合点がいくような思いだった。

「そうか、そうすると、ぐるぐる人の手を渡って来たわけだ。誰か、俺の傘を持って行った奴が、そこの主人に貸して、それがまた……それにしても、偶然だな。百万分の一か、いや、それ以上かもしれない」

野尻は、すっかり愉快になっていた。

「とにかく、奇蹟の生還というやつだ」


野尻は、翌日出社すると、早速、洋子と新田をつかまえて、その話をして聞かせた。

二人とも目を丸くした。

「へえ、そんなことがあるもんですかねえ」

新田は驚いていたが、そのあとで、こういった。

「もしかするとですね。案外、そこの家の御主人という人がですね、傘を持って行った犯人だったり……」

野尻は頷いて、そして否定した。

「俺もね、そのことはちょっと考えてみたんだ。……ところがね、その線はどうも薄いんだよ」

「何故ですか」

「たとえばだね……」

野尻は、確かに新田と同じ印象を持った。そして、それとなく澄子に当ってみて、どうもその印象は的外れらしいということが解った。澄子の友人のつれあいという人は、野尻の生活圏とは遙《はる》か掛け離れたところに勤めていて、どう考えても、野尻とその男が、どこかですれ違う確率はたいへん低いのである。

「それこそ、百万分の一より少いかもしれないんだよな」

「そうですかあ」

新田は、ちょっとがっかりしたような顔をした。

「でも、たまたま仕事の用事で東京に出て来たとか……」

と、洋子がいったが、野尻がすぐに、

「そして、あのパブに入ったわけかい。地下の、それも近所のビルの連中しか知らないようなパブに」

と切り返したので、

「そんな筈はないわね」

と、疑問を撤回してしまった。その確率は、どう見ても、千万分の一にも足りない、というのが、三人の一致した結論であった。

「とすると、まず、迷宮入りだな。……しかし、恐るべき偶然だな。課長、今年はいいことがありますよ」

「よせやい、もう、今年なんていくらもありゃしないじゃないか」

「いや、きっとあります」

「それに、戻って来てもともとなんだぞ。いいことでもなんでもない」

「そうか、そういやそうなんだ」

新田は頭を搔いた。

誰が持って行ってしまったのか、その点の疑問だけは残ったが、あとはめでたしめでたしであった。途中、紆余曲折があっただけに、野尻には満足な結末だった。

野尻は、しばらくの間、その話をうまく使って、商談のつなぎにした。

相手の反応もさまざまであった。

「ほう、小説にでもなりそうな話ですなあ」

と感心する相手もいたし、

「私はねえ、傘では失敗ばかりしていましてねえ」

という男もいた。

その男は、傘立ての錠をなくしてしまう名人で、何度も叱言《こごと》を喰ったそうである。「それで、考えた末に、その時の連れに私の錠も預けることにしたんですわ。まず一人でそういう店に入ることはありませんからなあ。そうしておけば安心ですわ」

それから突然思い出し笑いになって、その男は、こう続けた。

「ところが、いつだったか、話に身が入りすぎて、二人とも、傘を持って来たことも忘れてしもうた。そのまま別れて、帰ったら、夜、電話が掛って来たんですなあ。出てみると、馬鹿笑いしてるんですよ。お前の癖がうつったいうて……」

また、別の男はこういった。

「私はね、一日に、同じタクシーを三度拾ったことがあるんですよ。それも、間を置いて違う場所でですよ。そんなことって、まずあることじゃない。運転手もびっくりしましてねえ、あれまた旦那ですかって。あんまりびっくりして、名刺を交換しちゃった。……それにしても、あなたの傘の確率と、どっちが上かなあ。うちの社のコンピューターで計算して貰いましょうか」

そういうふうに、いろいろ話を聞いてみると、どの男も、多かれ寡《すく》なかれ傘では失敗をしているらしい。錠をなくす常習の男は、ポケットに手を突っ込むたびに、一瞬どきりと胸が騒ぐそうであった。

その傘の話も、そろそろ古くなった或る晩、野尻は、洋子と新田を連れて、そのパブに入った。

野尻は、あまり気が進まなかったのだけれど、近所で、その時間に開いている店は、ほかに思い当らなかった。

以前、傘をなくした晩の、支配人の男の応対を思い出すと、どうもいい気持はしない。洋子と新田に引っ張られて、しぶしぶという感じだった。

席について、註文を済ませたとき、見覚えのあるその支配人が、まっすぐに野尻たちのテーブルに向ってやって来た。

野尻は、内心、厭だな、と思った。

支配人は、野尻の横へ来ると、笑顔を作って、声を掛けて来た。

「あの、お客さまは、先日傘をおなくしになった方でしたね」

野尻は、故意に目をそらせていたが、声を掛けられて、仕方なくそっちに向き直った。

「ああ」

「あの節は、たいへん失礼致しました。あの傘が出て参ったんです」

野尻は、もういい、忘れてくれ、といい掛けたところだったが、ぽかんと口を開いたまま、支配人の顔をまじまじと見詰めた。

男は得意満面だった。しんから愉快そうだった。

「あれから二三日しまして、店を開けようとしましたら、ドアに立て掛けてありまして、ええ、すぐぴんと来たんです。ああ、そちら様の傘だと……」

「ほう」

「誰かが返しに参ったんです。きっと、酔っ払ったまぎれに持って行ったんでしょう。とにかく、只今お持ちします」

男は意気込んで、レジの方へ取って返した。

野尻は唖然としていた。

洋子も新田も同様である。

洋子がくすくす笑い出した。

「逆転よ。逆転満塁ホームラン」

「それにしても……」

と、新田はいい掛けて、あとを呑みこんだ。

支配人が戻って来て、うやうやしく傘を差し出した。

きちんと巻いてあって、その上に、また店の包み紙を巻いてとめてある。

どう見ても、野尻の傘に間違いなかった。

そういうと、支配人は手柄顔で、

「よろしゅうございました。これでほっと致しました」

と、意気揚々と引き上げて行った。

野尻は、逆に、気が抜けてしまった。

洋子が、取りなし顔に、

「課長、これでまた話の先が出来たじゃありませんか」

と慰めてくれたが、野尻は、

「参ったな」

と呟いたきり、手のなかの傘を見詰めていた。

ごくありふれた色の、ありふれた柄の傘である。同じ色の、同じ傘が、この東京だけでも、何千本とあるには違いないのだが……

鰻

その日、宮地は、得意先の男と、麴町のホテルで待ち合せをしていた。

冷える夕方だった。

弁慶橋を渡るときに見ると、暗い堀の水に、風の皺《しわ》が寄っていた。橋の下につながれた貸しボートの列が、妙に生白く見える。ホテルに辿りつくまでの道が、随分長いように思える。

ホテルに入って、手洗いへ直行する。その手前で、本社の諸井専務と、ばったり出喰わした。

奇遇といえば、奇遇である。

宮地が支社へ移ってから、あまり会う機会がなかった。

「お久し振りでした」

と、宮地が挨拶すると、諸井はにやにや笑った。

「妙なところで会ったね」

「しばらくお目にかかりませんでしたね」

「そう。どれくらいになるだろう。……今日《きょう》は？」

「ええ、ちょっと」

宮地は、得意先の名前を挙げた。

「そうか。ぼくもだ」

諸井も仕事のつき合いであった。

「お互いに御苦労さまだな」

並んで用を足して、手を洗いながら、宮地は、ちょっと声をひそめて訊ねた。

「会長は……その後どうなんですか」

諸井は、ペーパータオルで、丁寧に手を拭きながら、

「うん、大分いいようだが……」

と、答えた。そして、

「……しかし、長くなりそうだね」

と、補足した。

会長の藤村は、三月ほど前に倒れた。幸いあとがよくて、今は自宅へ帰っている。

一国の元首とまでは行かないにしても、会長の健康状態は、かなりの重大事である。正確な情報は、なかなか得られない。

諸井は、藤村の子飼いの部下だったし、宮地も、諸井の人脈に属している。だから、宮地は、

比較的気楽に質問が出来た。

「寝たきりですか」

「当分ね。……これがいけない」

諸井は、片手をぱくぱくさせた。口が不自由だということだろう。

「きけないんですか」

「話すことは話せるんだが、聞き取り難いんだ。奥方の通訳が要る」

「そうですか」

宮地は嘆息した。

病院へ一度行ったきりで、その後、見舞に行っていない。正直なところ、その時間がない。病院へ行ったときも、藤村には直接に会えなかった。夫人に見舞の言葉を述べただけである。

宮地が今の会社に入ったのは、藤村の引きがあったからだ。宮地の父との昔の取引き関係からである。

それ以来、なにかと目を掛けて貰っている。

宮地は、自分をそれほど買い被ってはいない。仕事も出来る方だと思わないし、今、なんとかなっているのは、陰に陽に、藤村の力が働いていたからだと思っている。

藤村は、世間一般では、切れるし、強引な経営者という評価を受けているが、宮地は、そうは思わなかった。おもてから見るのと、内側で、じかに接しているのでは、当然見方も違って来る。

とにかく、見舞に行っていないことを、気に病んでいた矢先だったから、宮地は、諸井からなるべく藤村の様子を聞いておきたかった。

「なにかいってましたか」

「うん、そんな具合で、通訳つきだから、大した話も出来ないんだ。こっちのいうことはちゃんと頭へ入るらしいから、報告だけはしてるがね」

諸井も、客を待たせているようだし、宮地も約束がある。

二人は、慌しくそれだけの会話を交し合って、右と左に別れた。

「それでは、改めて、近いうちに」

「……あ」

諸井は、行きかけて、また振り返り、こういった。

「おやじ、鰻《うなぎ》が食いたいっていってたよ」

笑って、行ってしまった。


宮地は、相変らず忙しく日を送っていた。

諸井と会ったことも、しばらく忘れていたが、ある日、ふっと思い出して、藤村がひいきにしていた鰻屋まで足を伸ばした。

その店は、柳橋にある。

藤村は、天ぷら屋でも鮨屋《すしや》でも、洋服屋でも、これと思うと、一つの店に決めて、浮気をしない。

江戸ッ子はそうなんだ、という人もいるけれど、また、ほかにも説がないわけではない。足まめに色々な新しい店を開拓するのが億劫なのさという人もいる。どっちが本当なのか宮地にはよくわからない。彼は、万事にこだわらない方である。

宮地が入ってゆくと、丁度昼めし時の混雑がひと区切りついたところで、顔見知りの親爺《おやじ》が息を入れていた。

「おや、いらっしゃいまし」

親爺は懐かしそうな笑顔を見せ、自分で立って行って、お茶を持って来た。

「ご繁盛だね」

「いえ、なあに、いっときだけで……」

宮地は、この店の丼が好きで、いつもそれを頼む。黙っていれば、心得て、丼を持って来る。

「ちょっとお待ちを、私がやって来ます」

親爺が立って行った間に、宮地は、おかみをつかまえて、相談を掛けた。

「なあ、相談があるんだよ」

「なんですか、改まって、恐いわね」

「別に恐い話じゃない」

宮地はにやにやした。

「……鰻の話だ」

「あら、がっかり」

「なんで」

「一度、温泉へでも行かないかなんて、そういうお話かと思いましたよ」

「馬鹿いうな。もうそんな元気はないよ」

宮地は苦笑した。そういわれて、見直すと、このおかみは、まだ充分残《のこ》んの色香というようなものを感じさせる。もしかすると、藤村は、鰻のほかに、案外それも楽しみに通っていたのかもしれない。

「鰻ばっかり食ってると、そんなに元気なのかねえ」

宮地は感心してみせて、本題に取りかかった。

宮地は、病床の藤村に、この店の蒲焼を食べさせたいと思っている。

しかし、蒲焼は、熱いのが身上で、これは宮地だって重々承知である。焼き冷ましの蒲焼をぶら下げて土産にするつもりはない。なんとか熱い焼き立てを食べさせたいのである。その手だてがないものか、鰻屋は永年商売をやっているのだから、なにか知恵があるのではないか。

それが宮地のいう相談なのである。

「そうですね。そりゃ、ないことはないんですよ」

「どうするんだい」

「時々そうおっしゃるお客さまもあって、お教えする方法なんですけど」

「電子レンジで、チン、なんていうんじゃないだろうな」

「違いますよ」

「だいたい先方は、爺婆の夫婦だから、電子レンジなんか使わないし、ありもしないと思うんだ」

「そんなんじゃないんですよ」

「なんでもいいから教えてくれよ。なるべく焼き立てに近い状態で食うには、どうすりゃいいんだい」

おかみは首をかしげた。

「さあ、焼き立てとは行かないでしょうけど、まあまあの方法は、お酒でやるんだそうです」

「ほう」

宮地には初耳だった。

「酒をどうするんだ」

「土鍋にね。いいお酒をたっぷり入れて、強い火に掛けるんです。いいお酒じゃないと、駄目なんですって……」

「ふうん」

宮地は、頭のなかで、その情景を想像してみた。

「……それで」

「それで、お箸でぐるぐるかき廻していると、段々熱くなって来て、アルコールが立って来ますわね。そこへマッチで火をつけるんです」

「つまり、フランベだな」

「なんですか、それ」

「フランス料理なんかでよくやるじゃないか。派手に炎を上げて……」

「ああ、あれみたいなもの。……でもね、すぐ消えちゃうから、何度もやらないと駄目なんです」

「そうか」

「そのうちに、いくらやっても、火がつかなくなったら、そのなかに蒲焼を入れるんです」

「ふうん」

その為には、かなりの量の酒が必要だろうな、と、宮地は思った。

「それで、一分くらいして、すっかり熱くなったら、上げて、たれを掛けて食べるんです」

「なるほど、いいかもしれない」

「昔の、ぜいたくな人は、そうしたんですって、お土産の、冷めた蒲焼なんかを」

「確かにぜいたくだよなあ。その酒なんか、もう使えないしな。でも、ちょっと味が変りゃしないか」

「そうでしょうね。あぶらが抜けちゃうから……」

宮地が考え込んでいると、親爺が丼を運んで来て、お待ち遠さまでした、と、いった。

「なんですか、難しい話ですか」

「うん、蒲焼をお土産にして、それをうまく食わせる方法をね、今、おかみさんに聞いてたところなんだが……」

「ああ、ありゃ駄目だ」

親爺は、あっさりと、そういってのけた。

「おやおや、駄目かい」

「駄目ですよ。あれをやると、別ものになっちゃう。蒲焼じゃなくなっちゃうね」

「そうか」

「わりにうまいやり方ですがね。それでも、店で出すようなわけにはとても行きませんよ」

「……お年寄りですか」

親爺は首を振った。

「病人だよ。ほら、うちの藤村さんだ」

「え、藤村さんが……」

「うん、倒れちゃってさ。もう三月くらいになるかな」

「あら、ちっとも知らずに……、ねえ、あんた……」

「知らなかった。道理で、お顔を見ねえと思ったら、ねえ」

夫婦は、こもごも嘆声を挙げた。

「なに、もう落ちついているんだが、鰻が食べたいって、いってたそうなんでね」

宮地がそういうと、親爺は、すぐに、

「じゃ、私が伺いましょう」

といい出した。

あまり簡単にいうので、宮地はびっくりした。

「だって……」

店もあるし、いろいろと、と、いおうとするところを、親爺は、ぴしゃりと遮った。

「一式持って伺っちゃおう。やっぱり、鰻は焼いてる匂いから嗅いで頂かないとね」

そんないきさつで、宮地は、次の日曜日に、鰻屋夫婦を自分の車に乗せて、石神井《しゃくじい》にある藤村の住いまで行った。

諸井も、都合をつけて、先方で落ち合うことになっていた。

一行が着くと、藤村夫人と諸井が玄関先まで出迎えた。

「まああ、遠路はるばる、申し訳ありません……」

藤村夫人は、やっぱり嬉しそうな様子だった。寝ついてから長いので、自然、見舞客も間遠になる。そうなると、老夫婦だけの暮しは、どうしても淋しい。

「……大ごとになったな」

病間へ行く途中で、諸井がにやにやしながら宮地の耳にささやいた。

「驚きましたよ。ぼくも」

「喜んでるよ、病人」

「そりゃよかった」

おかみは、おかみで、奥方に、

「やはり、ここらは空気まで違いますですねえ……」

などといっている。

久し振りに顔を見る藤村は、あまり変っていない。休養を充分に取っているせいか、以前より様子がいいくらいだった。

それでも、諸井から聞いたように、ものをいうのは不自由らしくて、宮地や鰻屋の親爺の挨拶に、いちいち頷くだけで、なにもいわなかった。

「口はきくんですけれどね。はっきりしないんで恥かしがってるらしいんですよ」

と、その部屋に入る前に、夫人から耳うちをされたことが、宮地には頬笑《ほほえ》ましかった。

「私には、なんとか解るんだけど、ときには解らないことをいうんでね。私が解らない顔をしていると、気に入らないんです」

夫人は、そんなことを宮地に告げ口した。

鰻屋の親爺は、挨拶もそこそこに、台所を借りて、仕事を始めた。

「病間は病人くさいから、皆さんは、あちらで……」

と、夫人は、しきりにすすめる。

「そうしようか」

と、諸井もいうので、宮地もその後について離れた座敷へ席を移した。そこには、もう酒食の支度がしてあった。

「食べるところを見せたくないんだろうと思ってね」

と、諸井は呟いた。

「つよ気の人ですからね。……でも、随分様子がいいんで安心した」

と、宮地は答えた。

鰻屋のおかみが、いつの間にか割烹着姿になって、お盆を捧げて現れた。

「はい、お待ち遠さまでした」

「おやおや、肝焼が出たよ。お酒も御持参のやつかい」

諸井が声を上げた。

「ええ。……ねえ、このへんもいいところですねえ」

おかみは、庭先の、緑の多いのんびりした眺めが、気に入ったらしい。

「うん、いいとこだよ」

「このあたりに、支店でも出したいわ。気がせいせいして、とてもいいだろうと思うの」

「町ッ子が、馴染《なじ》めるかね」

「さあ、自信はないけど……ま、おひとつ……」

おかみは徳利を取り上げた。

「やあ、どうも」

諸井は、猪口《ちょこ》を取って、酌を受けながら、

「それにしても、妙なとり合せだね。ここで、この顔ぶれと飲むなんて……」

といった。

白焼が出て、蒲焼が出て、おそ目の昼食だったが、諸井も宮地もすっかり堪能した。

病人も、少量ながら、大いに楽しんだらしい。帰りがけに、挨拶すると、何度も頷いて目で
礼を述べた。

送りに出て来た夫人からも、丁重な礼を受けて、鰻屋の親爺は、満足した顔をしていた。

「今日は、いい仕事をさして貰ったなあ。ねえ、味はどうでした」

「うん、いつも今日ぐらいのを食わして貰いたいもんだ」

宮地が茶化した。

「違えねえ。そうしたいとこなんだけど」

親爺は、にやっとした。


その翌日、宮地の会社に、藤村夫人から電話が掛った。

夫人は、丁寧に感謝の言葉を述べたあとで、

「あの鰻、本当においしゅうございましたわ。私、殆ど二人分頂いちゃったの」

といって、笑った。

そして、

「実はね、私、宮地さんに、とても申し訳ないことをしてしまって」

という。宮地が聞き返すと、

「とても申し訳なくて、私の口からは申し上げられませんの。どうぞ諸井さんからお聞き下さいませんか」

という答えであった。

不思議に思った宮地が、すぐに諸井へ電話すると、諸井は、電話に出るなり、大笑いをした。

「それがね、藤村のおやじが食いたがったのは、実は鰻じゃなかったんだって……。鰻もうまかったけれど、俺の食いたかったのは慈姑《くわい》の煮たのだっておこられたそうだよ。通訳の聞き違

いなんだって、奥方、しょげてたよ」

宮地は腹を抱えて笑った。

しかし、さんざん笑ったあとで、宮地は、ふっと思った。あのしつっこいものの好きな藤村が、鰻よりも慈姑の煮たのを食べたがったりするとは……。宮地は、藤村の気の衰えを垣間見《かいま》たような気分で、ちょっと淋しい思いをした。

北ホテル

里枝は、朝から迷っていた。

片山に電話しようか、しまいか、思いあぐねて、愚図々々していた。

そのうちに昼になって、客足がしげくなった。昼の休みを利用する勤め人たちである。

やっと手があいた時には、三時近くになっていた。

里枝は腹をきめて、片山の家の電話番号を廻した。

呼出し音に耳を澄ましていると、さっき食べた天ぷら蕎麦《そば》の噯《おくび》が出た。

客のなかには、食事時間を節約してやって来るのがいる。出前を註文して、部屋に運ばせる。

里枝はそれに便乗して、自分と手伝いの女の分の出前を頼む。昼はいつもそれで済ませる。手伝いの女は、店屋《てんや》ものを喜んだ。里枝もその方がよかった。手のかかることはなんでも億劫になっている。

電話には、片山の細君が出た。

里枝と知って、向うの声が、ほんのすこし、当惑の色で曇った。

ほんのかすかな、ほとんど気のせいとも思えるような気配だったけれど、里枝は、敏感にそれを感じ取ってしまった。

（ひるんではいけない。ひるんでしまったら……）

たちまち萎《な》えてくる気持をふるい立たせながら、里枝は、丁重に話し始めた。

片山の細君は、初めから逃げ腰だった。

せんだってのお見合いはとても成功だったと思うし、お嬢さまもたいへん魅力的だったから、きっと先方もお気に入ったに違いない。感触はいいんですのよ。という口の裏から、逃げ口上めいた言葉がぞろぞろと続いて出て来た。なにしろ先方の坊ちゃんもお仕事が忙しくて、ここのところ出張続きのようで、そんなこんなで、御返事がおくれているんだと思いますの。それに、あまり催促がましくては、まとまるお話もまとまらなくなってしまう恐れもありますし、お気持は重々解って居りますから、どうぞお任せ下さいませ。折を見て、主人が先方の御返事を聞いて、そちら様へ御報告に伺いますので……。

要するに、返事がないということだった。

里枝の予測していた通りであった。

またか、と、里枝は思った。

くどくどと、催促がましい電話を掛けたことを詫び、くれぐれもよろしく計らってくれと頼んで電話を切ると、すっかり気疲れがして、彼女は、肩をがっくり落したまま、しばらく天井を眺めていた。

意味もなく腹立たしかった。

娘の乃里子は、器量だって悪くはないし、それに、皇族たちの通う有名大学を出ている。資産の点でも、文句はない筈だ。先方の親のようなサラリーマンとは比較にならない。もし結婚することになれば、充分過ぎるほどのことをする積りだと匂わせてある。

それなのに、どこに不足が、不満があるというのか……。

里枝には納得がいかない。

乃里子の為に、見合いの相手を探し始めてから、もう十回以上になるが、ついぞいい返事を貰ったことがない。

二三度は、交際にまで進んだこともあったが、その男たちは、横合いから現れた新手に持って行かれてしまった。一度は、ぜひに、と望んで来た男もいたが、目当ては乃里子よりも、里枝の財産であった。それならそれで、納得ずくの結婚というのも、ない話ではなかったが、その男の親の会社が倒産寸前で、乃里子との結婚が、さし迫った打開策らしいということを知るに及んでさすがの里枝も、その話を断念するしかなかった。せっかく営々として築いた資産を、他人の事業の穴埋めに流用されるのは心外だし、当の乃里子も、気がなかった。

「まったく、なんて世のなかだろうね」

里枝は憤慨した。

「どこまで汚いんだろう」

里枝の憤慨を、乃里子は聞き流した。

実は里枝の知らないことだったが、乃里子は、その男と二度ばかりホテルへ行っていた。

男が熱心に誘ったせいもあったからだが、乃里子の方にも、そうなればいくらか情が湧くかもしれないという気があった。

男の方には、身体の関係をつけておけば、という目算があったらしいが、乃里子は結局それほどの関心を持てないままに、見切りをつける気になった。

身体を与えてしまったことに少々の後悔はあったけれど、それほど思い込むたちではなかった。

(いいわ。挨拶代りだと思えば……)

乃里子は、そう割り切って、忘れてしまうことにした。

その後、男から何度か電話が掛ったが、誘いに応じなかった。そのうちに、向うも諦めたようである。

乃里子は学生の頃から、よそにマンションを買って貰って、そっちで暮している。里枝のところに現れるのは、小遣いをせびりに来るときだけであった。

連れ込みホテルというのは、実際に割のいい商売なのかどうか解らないが、里枝の場合は運がよかった。

どこか入り易いというところがあったのだろう。忙しいときには、ひっきりなしに自動ドアが開閉する。週末には、満室も珍しくない。

商売を始めた当座は、里枝は客を断わるのが、惜しくて仕方がなかった。

北ホテルは面白いほど繁盛した。商売の味というのはこんなものかと里枝は内心驚いた。客あしらいの呼吸のようなものも、たちまち身につけた。客のなかには酔漢もいるし、女と悶《もん》着《ちゃく》を起すのもいる。そんな場合の応対には、結局女の里枝の方がうまく運ぶようである。里枝は、自分が案外この商売に向いているのを発見して、気をよくした。

夫に先立たれるまで、里枝は、まさか自分が連れ込みホテルの女主人になるとは、想像もしなかった。

中くらいの企業の役員だった夫は、働き盛りの齢でいってしまって、遺産というほどのものは残さなかった。

娘の乃里子と二人だけになって、それからの生計を立てなければならなくなったとき、里枝は、さすが途方に暮れた。

里枝は、もともと、世間知らずの奥さんでしかなかった。

もし、彼女が、もう少し世故に長《た》けた女だったら、それほど深くは思い込まずに、面白可笑しく世間を渡ることを考えたかもしれない。が、里枝は真剣だった。なりふり構わず稼がなければならないと思い込んだ。世間体など無視しなければ、とても、就学前の娘を育てながら生きていけないと信じた。その為には、どんなことでもしようと決心した。そのときから、里枝は、もとの里枝ではなくなった。つまり生れ変ったということかもしれない。

無理算段をして、資金をかき集め、売りに出ていた旅館を、値切りに値切って買った。それが、北ホテルの女主人に納まるまでの経緯である。それでも、それまで住み馴れた世田谷とは、縁もゆかりもない土地を選んだのは、やはり女心であった。

一度身を落す気になれば、この商売にもこの商売なりの面白さがあった。世田谷の住宅地で、安穏な毎日を過していた頃とはくらべものにならない、どぎつく、刺激的な明け暮れである。他人の情事と、来る日も来る日もつき合うのは、寡婦《かふ》になったばかりの里枝には辛かった。

客が帰ったばかりの部屋に、こもっている男女の体臭を嗅ぐと、目がくらむような気がしたし、シーツに残っている体温や、散らかしたままの情事の痕跡を見ると、胸がむかついた。といっても、立て混むときには、使用人だけでは、手が足りなかった。客を送り出すやいなや、手早く片付けをして、次の客に備えなければならない。里枝は、息をつめてベッドを調《ととの》え、浴衣やタオルの山を運んだ。

かかりのことを考えると、汚れものは、クリーニングになど出せない。シーツや浴衣は汚れた部分だけつまみ洗いをして、糊《のり》を利かせ、アイロンで仕上げてしまう。急いだときなどは糊が匂って臭い。馴れないうちは胸が悪くなったけれど、やがてそれも気にならなくなった。

ときどき姿を見せる男で、いつも一人で現れる客がいる。一人で上って、マッサージの女を呼ばせる。マッサージの女は旅館に歩合を置くから、それだけ利益が上る。

里枝は、出入りのマッサージの女たちから（感じのいいおかみさん）といわれるようにつとめた。旅館によっては、彼女たちを見下すところがあるらしい。

「目糞鼻糞というでしょう。あたしたちも鼻糞に違いないけど……」

と、あるとき、女の一人が里枝にこぼした。それを里枝は忘れなかった。マッサージの女も、考えれば客のうちである。

一人で来るその客とは、ときどき、ふたことみこと、言葉を交すことがある。

「北ホテルとは、随分ロマンチックな名前だなあ」

と、その男がいったことがある。里枝には、その意味が解らなかった。

「フランスの小説から取ったんだろ」

「あら、そんなのがあるんですか」

「うん。そういう小説があるんだ。読んだことはないが……、そう、映画にもなったんじゃなかったか」

「あら、全然知りませんでした」

「じゃ、前の代からそうだったのかね」

「いえ、前はね、みどり館っていったと思いますけど」

「ふうん、じゃ、なぜ、北ホテルなの」

「なぜって、ここは北区だから、なんとなく北をつけて」

「ほう、それでね。俺はまた、おかみさんがフランス文学好きなのかと思ったよ」

「そうですか。それじゃ、今度誰かに聞かれたら、そういわなくちゃ」

そのことで里枝は、その客の顔を覚えた。

もうひとつ、その男には、別の記憶がある。

ある晩遅く来たときに、里枝が、男の部屋に、茶を運んだ。いつもの例なので、

「マッサージさん、呼びますか」

と、聞くと、男は頷いた。

「お好みは、どんなタイプ。また、ひろみさん呼びましょうか」

「そうだな。いや、あれはよそう……」

男は言葉を切って、里枝を見ると、

「あなたのようなタイプはいないかね」

と、いった。

「あら、ご冗談を。こんなお婆さんは、今どきどこのマッサージにもいませんわよ」

里枝は、冗談だと思った。しかし、男は、本気のようで、あっと思う間もなく、里枝は手を握られていた。

「あなたがいいんだよ。……どうだい」

不意をつかれて、里枝は真っ赤になった。

自分でもそれが解る。

なにかいわなくちゃ、と、思っているうちに抱きすくめられた。

「な、いいだろう」

男の顔が、すぐ目の前にあった。

どうやって男の手のなかから逃げ出したのか覚えがない。

息せききって階段を駈け降りると、顔を出した手伝いの女が、驚いたように里枝を見つめた。

「どうかしたんですか」

「いいえ、別に……」

里枝は、顔をしかめて見せた。

「梅の間よ、いやあね、わるさするんだもの」

手伝いの中婆さんも顔をしかめた。

「男はみんなおんなじだから……。奥さんもまだお若いし……」

驚いた様子もなく、そういう。

そんなことがあってから、里枝の気持のなかに、小さな変化が起き始めた。

連れ込みホテルの女主人に納まってから、かれこれ二十年。すっかり商売にかまけて忘れていたが、里枝も、考えてみれば独り身の女であった。齢こそいってはいるが、まだ、男にいい寄られても可笑しくはない。それに気付いて、里枝は、ひとり、顔を赤らめた。

はた目で、勝手な詮索をすれば、その目には、自分は、空閨《くうけい》を持てあます未亡人として映っているのだろう。

今までは、それを忘れていた。

それを悟ってから、里枝は変った。

あれほど商売一途だった彼女が、商売のことに上の空になった。

初めに気がついたのは、手伝いの女だった。

「いやだねえ、どうしちゃったのかしら。うちの奥さんたら、まるで恋患いでもしてるみたいに、腑《ふぬ》抜けになっちゃって……。勘定は間違えるわ、用事は忘れるわ、まだ耄碌《もうろく》する齢じゃないんだけどねえ」

こういって、出入りの御用聞きや商人たちにぶつくさこぼした。

当の里枝は、そんな蔭口は、どこ吹く風で、自分の思いにふけっていた。帳場代りの机の前に坐って、頬杖をつきながら、なにか自問自答していることがよくあった。

寒の明けも間近い頃のある午后、珍しく乃里子がふらりと現れた。

毛皮の襟《えり》の付いたコートの前をはだけたまま、脱ぎもせずに、乃里子は、母親にいった。

「ねえ、お願い、車、買い替えたいんだけど……」

「歩き廻らないで、坐って頂戴。落ちつかないったらありゃしない」

「だって、すぐ出掛けるのよ」

「いいから坐んなさい。子供じゃあるまいし」

里枝は、不承々々坐った乃里子を眺めた。

すこし濃すぎる化粧と、どこか投げやりな態度をなんとかすれば、十人並み以上の娘である。

あながち母親の欲目ばかりではない。

よく、ここまで育ったと思う。それを考えると、里枝は感慨を覚える。

あとは、この娘にいい夫を見つけてやれば、それで肩の荷を下ろせる。

「ねえ、いい人がいるんだけれど」

「お見合い、もう沢山」

「もう沢山っていうことはないでしょ。あなたの為を思っていってるのよ」

「それなら、放っといて頂戴。私、勝手に探すから」

切り口上であった。里枝もかっとなった。

「なんてことをいうの」

「だって、無理よ。結婚なんて出来やしないわよ」

「なにをいうのよ。遊び呆《ほう》けてばかりいないで、早く結婚して、お母さんを安心させてくれたらどうなの。そればっかりを楽しみにしてるのに、あんたはそれが解らないの」

里枝は怒り心頭に発していた。

「余計なおせっかいしないでよ、……だって」

急に乃里子の声が弱々しくなった。見る見る涙が湧いてくる。

「……だって、連れ込みホテルの娘なんて……、まともな家だったら、相手になんかしてくれやしない。お母さんは、それなのに、高望みをし過ぎるのよ。無理なのよ……」

乃里子は、しゃくり上げた。そして、咽《むせ》びながら訴えた。

「みんな、体面がだいじなんだわ。いざとなると逃げちゃうのよ。私、だから、気おくれしちゃって……」

「そんな必要がどこにあるの。私たちが生きて来られたのは、なんのお蔭なの。この商売のお蔭で生きて来られて、あんたに不自由もさせないで来られたんじゃないの」

里枝は、そう反論しながら、自分のその言葉がひどく薄っぺらで、寒々しく響くのを感じていた。

すくなくとも、何年か前までは、堅くそう信じて来た。

そして、わき目もふらずに進んで来た。

それが、今ではどうだろう。口をついて出る言葉が、ことごとく嘘としか聞えない。

気持の底から、苦いものがこみ上げて来る。

里枝は、口を噤《つぐ》んで、その苦いものを噛みしめた。

皮肉なものだった。

娘と自分が生きる為に選んだ道が、今になって二人を苦しめることになるとは、予想もしていなかった。

(やっぱり、あのとき……)

里枝は、ぼんやりと考えていた。

(私はひどく取り乱していたのかもしれない。夫を失ったことで、すっかり度を失ってしまったんだろうと思う。そして、馬車馬のように突っ走ってしまった。落ちついてよく考えれば、まだいくらも生きて行く道はあった。でも、若かったから……、取り乱していたから……。それにしても、いい度胸ねえ。こんな馴れない商売に飛び込んだなんて……)

里枝は頰笑んでいた。乃里子は、そんな母親の顔を不思議な思いで眺めていた。

北ホテルのネオンは、その後しばらくして消えた。あとを引継いだ経営者は、折角売り込んだ名前だからそのままにと主張したが、里枝のたっての希望を結局飲むことになった。

近所の噂では、随分いい値で売れたという話である。

裸の木

「昨日、長谷川が来た」

と、修造がいった。

「長谷川って、高円寺の長谷川さんですか」

修作は聞き返した。

「そうだ」

修造は、わかりきったことを聞く、という顔をした。

「……そこの木戸から入って来てな。御無沙汰したといいおって」

修造は、庭木戸を指した。

さして広くない庭に、薄い陽が差している。

暮に、植木屋が入ったせいで、庭の眺めは小ざっぱりしていた。植込みは刈り込まれ、葉を落した木の梢《こずえ》は、すっかり切り詰められて、痛々しいほどだ。陽当りがよくなったのは、その為である。

家屋は、鉤《かぎ》の手に建てられている。修造の起居している離れは、その片方の端にある。丁度庭木戸が正面に見える位置だ。

修作は、目をしばたたいた。

「長谷川さんが来たんですか」

「そうだ。すっかり白髪になって、老け込んでしまった。気も弱っている様子だった」

修造は憐れむようにいった。

「話をしたんですか」

「うん、長いこと話し込んでいった」

修造は口の端をゆがめて、冷笑を浮べた。

「……あの男は、人間が小さいな。くよくよ気に病んでばかりいる。ああいう人生はつまらんな」

修作は、喋っている父親の横顔を眺めていた。紙のような不思議な顔色をしている。目が血走って、明らかに寝不足らしい。

「お父さん」

「ん」

「よく眠れますか」

「よく眠れる。医者に薬を替えて貰ってから、夢も見ずに寝るよ」

「そうですか、そりゃよかった」

修作は、重い気持で、母屋に戻った。

細君の亮子が、昼の支度の手をとめて聞いた。

「どう、お父さん」

「うん」

亮子は、夫の表情を読んで、それ以上聞き糺すのを差し控えた。

修作は、しばらく考えた末に、ぽつりとこう洩らした。

「どうも、今度の薬が合わないのかもしれない」

「よくないの」

「よく解らないがね」

幻覚は、それが初めてだった。

父の友人の長谷川は、二十年も前に、故人になっている。その長谷川が、昨日訪ねて来たというのである。


その日から、長谷川は、しばしば、修造を訪ねて来るようになった。

修作は、勤めがあるので、朝晩しか父親の顔を見られない。

亮子に聞くと、修造は、感情がひどく不安定になっているという。

「興奮してるみたいな時があるのよ。口論したあとみたいに」

亮子は心細そうにいった。もしなにかがあれば、夫の留守中は、亮子が面倒を見なければならない。彼女には彼女なりの心労があった。

「私にはとても責任を取りきれないわ。なにかあったら、申し訳が立たない気がするの」

亮子は怯《おび》えていた。幻覚というだけで彼女はすくんでしまっていて、しきりに修造を入院させたがった。

「必ずしも入院がいいとはいい切れないんだよ。あまり安全策を取ると、かえってボケさせることになるかもしれない。親父はね、今、闘ってるんだ。負けまいとしてるんだ。俺の気持としちゃ、なんとかそばでそれを助けてやりたい。それを解ってくれ」

修作は、亮子にそういったが、自分でもまるで自信は持てなかった。そういう経験は、修作にとってても初めてであった。

「昨日、また長谷川が来た」

或る日曜日、修作が様子を見に行くと、修造は、息子の顔を見るなり、勢い込んでいう。

「そうですか」

「けしからん奴だ。つまらんことをいいおって……」

修作は、なるべく取り合わない顔でいた。ただ、喋らせてしまう方がいいような気がした。

気のすむまで話してしまった方が、さっぱりするだろうと思った。

「なにか気に障《さわ》ることでもいったんですか」

長谷川という男は、修造と学校が同じで、生前しょっちゅう往き来があった。修造とは碁敵でもあり、親戚同様のつき合いだったようである。子供だった修作も、父親に連れられて、高円寺の長谷川の家へ行った覚えがある。

長谷川は温厚な性格のようで、修作は嫌いでなかった。我の強い父親と、おだやかな長谷川のどこが馬が合うのか不思議だったが、友人とはそういうものかと、敢《あえ》て怪しむことはなかった。

二人は休日毎に、顔つき合せて、碁盤を囲んでいた。長谷川がやって来るときもあり、修造が出掛けて行くこともあった。たいてい午後から打ち始めて、夜もかなり更けるまで座敷に籠《こも》りっきりであった。

ときどき、碁笥《ごけ》に石を落すちゃらちゃらという音が聞え、笑い声が立った。修作の母は夕飯の頃になると、耳を澄まして座敷の気配をうかがい、食事を出すきっかけを計っていた。ときには、なかなかその頃合いがつかめずに、ガス台から何度も吸物の鍋を下ろしたり、また掛け直したりした。

修作も、いい付けられて、煙草を買いに出されることがあった。煙草を持って座敷へ入って行くと、部屋のなかは煙草のけむりと温気《うんき》でむっとするようだった。

それだけ親密のように見えて、長谷川と修造は、必ずしも無二の友とはいえなかったようなふしもある。

まだ子供の頃の或る夜、修作は、両親がいい争っているのを小耳にはさんだことがある。その朧気《おぼろげ》な記憶では、なにか長谷川にまつわるなにかが、争いの原因になっているようだった。修作には断片しか聞き取れなかったが、父親が激昂していることは解った。その翌朝、母親が泣き腫《は》らした目をしているのに気がついて、修作は、前夜の記憶が空耳でなかったことを悟ったが、争いの内容に就ては結局解らずじまいであった。

それでもとにかく、修作にとって、長谷川は懐かしい人である。長谷川は、自分の子供の頃の思い出のなかの登場人物の一人でもある。彼は、父親の長谷川観を、聞いて置きたかった。

「あの人が、なにをいったんですか」

「いうに堪えんことだ。まったく無礼な奴だ」

修造は息をはずませていた。

「……あいつは、美津子が、……お前のお母さんが気の毒だというんだ。儂《わし》のそばにいたら、一生不幸でいるしかないといいおった」

そう呟く唇が震えている。

修作の母は、美津子という。美津子もまた故人であった。修造に嫁いで三人の子を生んだ。修作はその末っ子である。上の二人は女で、それぞれ地方に嫁いだ。今ではすっかり根を下ろして、時折便りがあるくらいで、修作もあまり顔を合せることがない。

美津子は、修造や長谷川が、まだ学生だった頃からの知合いだったそうである。知合いという点では、修造も長谷川も同じことだったらしい。

それがどうして修造と結婚することになったのか、そのへんの事情は、修作にはよく解らない。ただ、母の古いアルバムに、学生の頃の彼等二人と、その間にはさまった美津子の写真があったのを、修作は憶えている。その後、その写真はどこへ納まったのか、アルバムごと見当らなくなっている。修作は、ふとそんなことを思い出した。

「長谷川さんが、そういうんですか」

「そうだ。あの男は、いわれのない嫉妬をしとる。美津子が儂と一緒になったことを未だに恨んどるんだ。それで、わざわざ、そんなことをいいにやってくる。だから、儂はいってやるんだ。お前に用はない。帰れ。とっとと出て行け」

修造は拳《こぶし》をかため、何度も宙を打った。頼りない仕草であった。怒っているというより、哀願しているように見えた。修作には取りなしようがない。

「美津子はな、儂のことが好きだったんだ。儂のところへ来てよかったんだ。三人も子供を生んでしあわせだったんだ。しあわせに……」

急に修造の声がゆがんで、呻《うめ》きに変った。

目一杯に涙の粒が盛りあがって、頬を伝って流れた。

「お父さん、ね、落ち着いて下さい。興奮したら身体に障ります」

修作が手を取ろうとすると、修造は、その手を振り払った。そこにいるのが、自分の息子だとは気がついていないようだった。

「……美津子は、……あれは本当にしあわせだったんだろうか。儂を恨んでいるんだろうか。

長谷川はそういった。そんな筈はない……、そんな筈はない……」

日頃、威丈高な物いいをする父親を見馴れた修作には、それは、目をそむけたくなるような姿であった。これほど自信を失った、これほど痛切な呟きを耳にするのも初めてであった。

修作は、父と母の結婚生活にも、隠れた疵《きず》があったことをはっきり知って、不思議な感慨に捉えられた。それは、嫌悪や反撥ではない、むしろ、あらたにかき立てられた父や母への強い思いだった。彼は、じっと父親を抱きかかえたまま黙っていた。そして、そんなときに掛けるべき言葉を持っていない自分を恥じていた。


修造のところへは、入れ替り立ち替り、さまざまな人々が現れるようになった。

彼の気分に応じて、出入りする人物も変化するようだった。

長谷川は、それっきり現れなくなった。いうだけのことをいってしまったので、もう修造の記憶のなかから消え去ってしまったのかもしれない。

修作には、幻覚というものが、よく解らない。夢で人と話すことはあっても、幻覚で人と会うことはない。

修造のところへ現れる幻覚のなかには、修作のよく知っている身内や親戚もいるが、まるで覚えのない人物もいた。

佳代という女性も、修作の知らない女であった。

佳代は、このところ、ときどき修造を訪ねて来る。

「佳代が来たよ」

という時、修造は微妙な表情を見せる。

「佳代さんって、どんなひとですか」

修作が聞くと、修造は、心外という顔をする。

「知らん筈はないじゃないか。大島佳代だ」

「知らない。どんなひとですか」

「知らんとはおかしい。昔からの知合いだ」

「結婚する前ですか」

「もちろんそうだ。お母さんと結婚してからは、別の女は知らん」

修作は、思わず口に出してしまう。

「それじゃ、ぼくが知ってるわけがない」

修造は、そんな筈はないという。

「……お前もよく知ってる女だ」

「だって……」

そんなやりとりをしていると、修造は段々不機嫌になって来る。どこか困惑している様子が見えて、修作は、それ以上追及する気にはなれない。

だから、佳代の像は、いつも曖昧模糊《あいまいもこ》としている。

「佳代さんは、どんなひとですか」

「あれはいい女だ。腹の綺麗な女だ」

「商売をしてるひとですか」

そう聞くと、急に修造の顔が険しくなった。

「なにをしていようが、お前に教える筋合いはない。そんなことは聞かん事だ」

修作は、また縮尻《しくじ》ったと臍《ほぞ》をかんだ。

そんな問答をした翌日、修作は呼びつけられた。

離れに行くと、修造が立ったまま、あたりを見廻していた。

そして、修作の顔を見るなり、

「儂の書きもの机はどこへやった」

と、せき立てた。

修作は、弱ったな、と思った。離れ座敷には初めから机など置いてない。明らかに思い違いである。

「書きもの机はないんですよ、お父さん」

「いや、ずっとここにあった。あのマホガニー色の、彫刻のしてあるやつだ」

修作は、もの心ついてから、そんな机を見たことがない。

いい張る父親に、繰り返し説明をすると、修造は、困った困ったといい始めた。

「あの抽出《ひきだ》しに、大切なものが納《しま》ってあったんだ」

「なんですか」

「手紙だ。昨日、佳代が来て、頼まれたんだ。手紙を焼いて欲しいと、膝詰めで頼まれた」

「なんの手紙なんですか」

「佳代の手紙だ。承《う》け合った以上、約束は果さなくちゃならん。なかったでは済まされんのだ」

魘《うな》されたような父親の顔を見て、修作は、咄嗟《とっさ》にいった。

「お父さん、ひょっとしたら、その手紙は、もう焼き捨てたんじゃなかったんですか」

確かに、それは効果があった。一瞬当惑したような父親の表情に力を得て、修作は、かぶせて繰り返した。

「そうですよ。ほら、この前、庭で古い書類をいろいろ焼いたじゃありませんか。あれは、いつだったっけ、ほら……」

冷汗の滲《にじ》む思いであった。

「われながら、愛想が尽きるような気がするよ。あんな思いは、あまりしたくないなあ」

修作は、食卓で、亮子にそうこぼした。

「……親父は、親父なりに真剣なんだ。それを、はぐらかしはぐらかしするのは、どうも後めたくて……」

「先生は、なんとおっしゃってるの」

「病院じゃ、様子を見るより他はないって」

「頼りないのねえ」

「薬は替えて貰ったけれどね。なるべく副作用のないやつをって、何度も念を押したんだ。あとは手の打ち様がない」

夫婦は顔をそらせて、それぞれに歎息した。

「なんとか切り抜けて行くしかないんだろうなあ……」

思うことは同じであった。

食堂の硝子窓の向うに、庭と青い空の眺めがある。今日も快晴である。その空に、庭木の、切り詰められた梢が、くっきりと浮いて見える。一枚の葉もなく、暗い色の肌をして、ただ立っている。

「親父と、おんなじだ」

「なにが」

「あの木だよ」

いうまいと思っても、つい口に出てしまう。

「……ただ立ってるだけだ。生きてるとは思えない」

亮子は黙っていた。

「いつか、俺も、あんなふうに思う時が来るかしらん」

「なにを思うの」

「つまり、こう思うのさ、君が、俺のところへ来て、本当にしあわせだったんだろうかって」

「ふうん」

「本当は恨んでるんじゃないだろうかって」

「………」

「すっかり自信がなくなっちゃうんだ。そういう日が、いつか来るんだろうか。自惚《うぬぼ》れも思い上りもなくなっちゃった時に、そんな風に思うんだろうか」

「いやあねえ」

と、亮子がいった。

「そんなことを聞かないで頂戴。困っちゃうわ」

亮子は、立ち上って、台所へ行った。

しばらくして、薬罐《やかん》を提げて帰って来ると、それを卓上に置いて、こういった。

「あの木だって、まだ、死んではいないわ」

修作が、なにかいおうとするのを抑えて、

「春になれば、芽が吹いて、夏になれば……」

あとは、誰にいうともなく、呟いていた。


「長谷川さんや佳代さんは、ここのとこ、現れないですか」

修作が、そっと聞いてみると、修造は、今は、怪訝《けげん》な顔で、こう答える。

「馬鹿な。長谷川はもう二十年前に死んだぞ」

なにをいうか、と、いわんばかりである。

些細なことでも、断乎として決めつけるのが修造の性格である。それが戻って来たのを見て、修作は、ひと安心をし、また、切なくもあった。この小康がいつまで続くだろうか、と思うと胸が痛んだが、今はただ、この束の間の陽差しに浸っていたいという気持の方が先であった。

遠くの雲

田島の家から、駅までは、歩いて十分かかる。
急げば七分で着く。
近いようで、いやな距離である。
時間のゆとりがある時はいい。急ぐ時はこたえる。
(自転車にしようか)
と、田島は、何度か考えて、やっぱり止めにした。
理由は、途中の坂である。
往きはいい。駅までは、下りである。
だが、帰りがこわい。
駅を出て、間もなく胸突きの坂にかかる。帰り道は、十分でというわけにいかない。
その坂を、自転車を曳いて上るのは、どう考えても気の進まない仕事である。

なるべく緩やかなコースを取るとすると、はるか廻り道になって、それも業腹だった。

田島は、自転車に乗るのが、どうも不得手だ。それも理由のひとつである。

隣家の早崎は、自転車を使っている。田島は、駅へ行く道で、よく、早崎の自転車に追い越される。

「お先に！」

早崎は元気よく声を掛けて、すいすいとペダルを踏んで行く。

下りばかりだから、実に気持よさそうだが、いつもそういうわけにはいかない。

早崎は、飲んで帰ることが多い。そして、自転車を、駅前に置きっぱなしにする。翌日、細君が買物に出たついでに、回収して来たりするのだが、二三日置きっぱなしのことも珍しくない。

自転車は、かえって面倒が多いのである。

坂の、急勾配になっている部分は、百米ほどで、それを登り切れば、もう安心である。

登って来た人々は、そこで立ち停って、息を入れる。そして来た方角を、ちらっと振り返る。

坂の下に、駅を中心にした景色が広がって見える。駅の屋根も、線路も、すぐ目の下である。

線路の向うも高台になっていて、団地の建物が並んでいる。その上に大きな空があり、遠くの雲が見える。

坂上の、道のきわに空地があった。

地形のせいで、三角になっている。手前よりも奥が広い。三四十坪の空地で、一応バラ線で囲ってある。ぼうぼうと草が生い茂っている。もし都心にあったら、たちまち目をつけられそうな土地だが、郊外もこの辺になると、人々の土地を見る目も変って来るらしくて、ほったらかしになっている。

田島は、行き帰りに、横目でちらっとその空地を見る。丁度そんな位置にその空地はある。散歩に出たついでなどには、しばらく足を停めて、眺めていることもある。

煙草をふかしながら、彼は、ゆっくりと、その小さな草地を隅から隅まで見わたす。そして、自分の頭の中にある図面を、実際にその地面の上に当て嵌めてみる。そして、気に入らない部分の線を引き直す。

彼の頭の中にあるのは、その空間に、すっぽりといい具合に納まるくらいの小さな家である。小ぢんまりとした門と玄関、植え込み、平屋の、東南向きの小住宅。

彼が以前考えていたプランでは、その三角形の土地だとすこし納まりが悪い。なんとなくぎくしゃくする。

手直しをした今度のプランならば、ほぼその空間のなかに落ちつきそうである。周囲の景色との調和も取れそうに思える。

「ふふん」

と、彼は鼻を鳴らして頷いた。満足のしるしである。

そんな様子だと、すぐにも家が建ち始めるように思えるが、実のところ、田島は、家を建てる気は毛頭ない。ただ想像をめぐらすだけで、自分の家を建てようという望みは、何年か前に捨ててしまっていた。

いつだったか、田島が、その土地を眺めているときに、早崎が通りかかったことがある。早崎は、気軽に声を掛けた。

「どうです。いよいよ買いますか」

もちろん、冗談である。

それでも、田島は少々うろたえた。いたずらを見つかった子供同然である。

「そうですね。買うだけ買っといてみるかな」

と、ふざけてみせるのが精一杯だった。

田島が、持ち家を諦めているのには、これまたいろいろの理由がある。

諦めるといっても、未来永劫にわたってというわけではない。三十代後半の現在、その計画を持っていないというだけで、将来はわからない。

なぜ、そう考えるようになったかといえば、まず資金である。彼だって、こまめに動けば、なにがしかの資金をあつめることは出来る。

ぎりぎりまで借金をすれば、建売住宅の一軒は、なんとかなりそうである。

問題は、それで満足出来るかどうかだが、田島には、それは無理だった。

或る時期、田島も、人なみに、家を建てたいという慾に駆られて、妻のみつ子と、住宅展示場や建売を見て歩いたことがあった。

ただ冷かすだけなら気楽である。

本気になって見始めると、頭を抱えるしかない。

いくらかでも気に入るような家は、腹づもりの四五倍の価格になる。それより格下の家は論外だった。

「とても住めるような家じゃないな」

不機嫌になった田島は、みつ子にいった。

「……これなら、今の社宅の方が、よっぽどいい」

みつ子も、気落ちしていた。

さしあたって住むところに困らないという点で、彼等の註文は贅沢だった。現実は、はるかにそれを下廻っている。

田島の目には、価格が適当な物件は、全部、安手で、見窄《みすぼ》らしい感じがした。

見せかけはモダンだが、細部はいかにもちゃちで、手が抜いてある。

「住んでるだけで、憂鬱になりそうだ」

建売の家の居間に坐って、室内を見廻しながら、田島がそういうと、

「しっ、声が大きいわよ」

と、みつ子が、案内の男の手前をはばかって、田島をたしなめた。

彼の育った家は、古くて、広くはないけれど、気持のいい家だった。

そこには、今、両親が住んでいる。家と同じくらいに古びてはいるが、二人とも健在である。

そんな家に較べると、田島夫婦がその時見て歩いた家は、ひどく見劣りがした。

「嫌になっちゃったな。そうしてみると、今、ある程度気に入るような家を手に入れようと思ったら、註文建築しかないってことかな」

「でも、たいへんよ、お金が……」

「出来ない相談かもしれない」

「当分諦めるってことかしら」

みつ子は、あっさりと結論を出して、それ以上、家のことに言及しなくなった。

それ以後、二人は持ち家のことを話題にしていない。

さし迫った問題でないだけに、こだわることはなかった。

いずれは、両親の住んでいる家も、田島夫婦に残されることになる。田島もみつ子も、偶然一人っ子だった。それで、結婚する時に、みつ子の側で多少の難色があったが、結局、それも、二人の結婚を左右するほどの問題にならずに済んだ。

「うちの両親が死んだら、私は天涯孤独の身の上よ、だいじにしてくれなくちゃ」

みつ子は、冗談に、よくそういう。

「完全にというわけじゃないだろ。ほぼ天涯孤独だけど……」

何人か、近い親戚はいるのである。

「……おれだって、ほぼ天涯孤独だぞ」


或る朝、いつものように出掛けた田島は、その空地で立ち働いている数人の男たちを見た。帰りがけに見た時には、伸び放題に茂っていた草が刈られ、バラ線の囲いは取り払われて、建築許可の立札が立てられていた。

田島は、ちょっとばかり悔しさを感じると同時に、関心をそそられた。どうせ誰かの土地なのだから、悔しいと思うのは理屈に合わない。しかし、今まで見馴れて来た空地に、見知らぬ他人の家が建つのは、いくらか残念である。その空地は、今まで田島が、空想の家を何軒か建てて来た土地だけに、彼の心境はちょっと複雑だった。まあ、いってみれば、人知れず思い初《そ》めた娘が、ある日突然嫁いで行ってしまったような具合である。


みつ子も、二三日して、そのことに気付いたようだ。

「坂の上の空地ね。あすこに、新しい家が建つようね」

「どこに？」

田島は、解らないふりをした。みつ子は、もちろん、彼とその空地との気持のつながりなどは知らない。それは、飽くまで、田島の、気持のなかだけのことで、みつ子には話したことはない。

「ほら、あの、坂をくだる手前の、すぐ横のところ」

「ああ、そうか、そういえば、なにか工事をしてたようだったな」

田島が、テレビに見入ったまま、あまり取り合わなかったので、話はそれから先へは進まなかった。

彼の思いをよそに、工事はどんどんと進んで行った。

やがて基礎の工事が終って、地面に、家の輪郭をしたコンクリートの土台が出来た。

それは、田島が考えていた間取りと多少似通っているように思えた。

住み心地の良さそうな小住宅を設計するとなると、建坪が決れば、たいてい同じような間取りになるのだろうか。

家の土台は、田島のプランより、道寄りの部分に築かれていた。

(庭を広く取って、芝生にするんだろうか……)

彼は、頭のなかで、完成図を想像してみた。

彼の考えでは、道からもう少し引っ込んだ方がいいように思える。

誰の家が建つのか知らないが、田島は、その建築主に忠告してやりたいような気がした。

(そんなに手前に寄せたら、貧相になるがなあ……)

田島は苦笑した。余計なお世話だといわれそうである。

やがて、柱が立てられたとき、彼はびっくりした。

(二階建てか……、そりゃないだろう)

その坂の上は、西側の斜面からの風がまともに吹き上げる。冬の通勤の経験から、田島はそれをよく知っている。

(二階建てはまずいと思うがなあ)

田島の頭の設計図では、平屋にして、西から北にかけて、風よけの木を植え込むことになっている。そうでもしないと、落ち着かない家になってしまう。

彼は、いかにも合点がいかない、という様子で首を振った。

棟上げが済み、すこしずつ骨格が出来てくると、その家も案外悪くないように見えた。部屋数も多い。狭い部屋を数多くしているようだ。

(子供が多いのかしらん。それとも、親と同居か……)

一度だけ建築主らしい男が、現場の男となにか相談している姿を見かけたことがあるが、それは五十前後の、田島よりかなり年長の感じの人物だった。彼は、話に熱中していて、通りすがりの田島などには全く無関心のようだった。

次第に外観が整い、家らしくなってくると、どうしてなかなかの住宅であった。

(あんな狭い空地に、よくこれだけのものが立つもんだな……)

それが、田島の偽らざる感想である。

毎朝毎晩行き帰りに眺めていると、それ程の変化もないように思えるのだが、一週間単位で考えてみると、工事は着々と進んでいた。塀はどうやら生け垣になるらしい。


或る晩おそく、眠っていた田島は、サイレンの音を聞いたように思った。目が覚めると、それは確かに消防車のサイレンだった。

みつ子も目を開けていた。

「おい、近いらしいぞ」

「近いわね」

耳を澄ましていると、それでも、近付いたサイレンは、そのまま通り過ぎて行くようだった。別の方角から、いくつものサイレンが聞える。それがやがて一定の高さになって、そこで消える。目指す現場へ着いたのだろう。

「それ程近くはないようよ」

みつ子は、溜息をついた。

翌朝、みつ子は、その火事のことを聞き込んで来た。

火元は、坂の上の、あの建築中の家だということだった。

「失火なのか、それとも、放火かなんかなのか、まだ解らないらしいの。とにかく誰もいなかったんですって」

「ふうん」

「建築中の家って、よく火事になることがあるらしいの。お隣の奥さん、そういってたわ」

「すっかり焼けちゃったのか」

「さあ……、どうせ途中で見られるわよ」

田島にとっては、思いがけない出来ごとであった。

「ハプニングだなあ。おれ、あの家、よく見てたんだ」

まだ空地だった頃から、完成間際まで、つぶさに眺めた家である。

田島は、朝食もそこそこに家を出た。

焼け跡には、縄張りがしてあって、何人かの制服姿が、話し合ったり、メモを取ったり、あたりをつつき廻したりしている。車が何台か道ばたに停めてあって、田島は、その横をすり抜けなければならなかった。制服は、警察と消防と両方らしい。通勤の人々が、通りすがりに、ちらっと好奇の視線を走らせ、また足早に去って行く。

家は、あらかた焼け崩れていた。屋根は残っていたが、柱は真っ黒に焼け細って、辛うじて上の重みを支えている。何本もの黒い柱が、空を背景にして、抽象画のような不思議な印象を見せている。

地元の鳶《とび》らしい半纏《はんてん》を着た老人が、誰にいうともなく、甲高《かんだか》い声でいった。

「風がねえで、とにかくよかったよ。これが冬にかかってりゃ、これじゃ済まねえよ。ああ、これじゃ済まねえだ」

焼け残りの建物は、すこしの間、そのまま残されていたが、或る晩、田島が帰ってくると、綺麗に取り払われて、土台だけになっていた。

火事の原因は、いろいろと取沙汰されていたが、不審火というのが専らの噂だった。

しばらくして、放火犯人らしい男が捕まったようだという情報が入った。

「新聞に出るかしらん」

と、みつ子は、毎朝、新聞の三面記事に、克明に目を通していた。テレビのニュースもせっせと見ていた。

火事のあったその晩から、ひと月近く経った或る朝、起きて来た田島に、みつ子が新聞を差し出した。

「出たわよ、あなた。やっぱり放火だったんですって」

小さな記事だったけれども、それは間違いなかった。

捕まった犯人は、住所不定の労務者、と、書いてあった。

「むしゃくしゃして堪《たま》らなかったので、酒を飲んで、放火した」

と、その動機が記されているのを読んで、田島は胸が重くなった。ぬけぬけという方もいう方だし、それをそのまま書く方も書く方だと、なんだか腹立たしかった。

「ねえ、こういう場合には、どうなるの？　犯人に、弁償する能力がないとすると、工事をしてた会社の管理不行届きかなんかで、お金を取れるのかしらん。それとも、泣き寝入りになるの？」

田島にも、よく解らなかった。

「多分、工事する側も、引渡すまで保険を掛けるんじゃないかなあ。それとも、建築主が掛けるのかなあ」

「どうなのかしら。とにかく、こういう事だってあるんだから、家を建てる時は、万全の手を打っとかないと駄目ねえ」

みつ子は、その建築主に大いに同情したようだった。

駅へ行く途中、田島は、またその焼け跡の横を通った。

あらかた綺麗に片付いていたが、土台や、あたりの地面は黒ずみ、境界の樹は、葉を焼かれて、赤裸《あかはだか》になっていた。

やはり、印象は強烈だった。

田島は、頭のなかに、彼の思い描いた家のプランを、もう一度蘇らせようとしたが、浮んでくるのは、あの、黒く焼けただれた柱や骨組みの姿だけだった。

彼の描いたプランも、やはりあの晩の火事で、一緒に焼き払われてしまったのかもしれない。

海を見に

海が見たい、といい出したのは、康子の方である。

酔いざましに入った玉川のドライブ・インだった。

薗部は、その時、面倒なことになったたな、と思った。

なんとなく、そんなことになりそうな予感がしていたところだった。

その夜、薗部と康子は、まず、渋谷のレストランで、食事をした。薗部も康子もすこしずつワインを飲んだ。

二人は、そのレストランを、よく逢引きの場所に使っていた。

時たま、有名人たちが、顔を見せたりするが、それも、人目をはばかってのことらしい。

その種の目的の為には、恰好の店である。

客筋は限られているし、丸の内にある薗部たちの会社の人間が突然顔を出す可能性は、まずない。

薗部と康子が、そんな間柄になったのは、その、ほぼ三年前である。彼女の夫だった男が、交通事故で死んだ、その後である。彼も薗部の下僚だった。康子と彼は社内結婚で、その仲人を勤めたのが薗部である。それまで、薗部は、康子とはあまり面識もなかった。

康子たちが結婚してから、薗部は招ばれて二三度新居を訪れたことがある。

康子の新妻ぶりは微笑《ほほえ》ましいものだったし、家庭もうまく行っているようだった。康子は結婚しても、退職はしなかった。その後、子供が生れたが、その間しばらく休んだだけだった。康子の子供は、男の子だったが、康子の母親が見てくれているという話だった。薗部は、幼いその子の写真を、なにかのときに、見せられた覚えがある。どっちかといえば、康子よりも夫の方に似ているというのが、その時の印象であった。

薗部の妻は、実家に帰っていた。

薗部の母と折合いが悪くて、子供を連れて出て行ったままである。妻の方から離婚話もあったけれど、薗部は、彼女のいい分があんまり虫が好すぎるような気がして、取り合わなかった。なににせよ薗部は現状を変えるのが億劫である。妻は、そんな薗部の性格を、臆病だと冷笑するが、薗部は自分ではそう思っていない。

「時間だよ。時が経てば解決するさ」

と、薗部は、事情を知っている連中には、そう説明する。薗部の細君は、もちろん不満だし、母親も、息子のそんな態度をあからさまに非難する。彼は、全くの板挟みになっていた。

性格的にいえば、康子も、彼の妻に似ている。

いい出したら、あとへ退かない。

康子のそんなところに気がついたとき、薗部はすこしばかり後悔した。

といっても、康子と細君では、顔かたちも、身体つきも違う。

薗部は、結局女は頑迷なものなのだ、と思った。本来世話が焼けるものなのだ。

そう考えると、康子の強引なところも、それほど気にならなくなった。日常、生活をともにしていなければ、さほど気にはならない。

それに、薗部は、康子の若さが気に入っていた。彼とは十五近い年齢の開きがある。それが貴重に思える。当然、身体も若く、張りがある。妻とは比較にならない。

ひとつだけ、不安があった。

薗部は、現状に満足している。なるべくなら、十年でもそれを維持していたい。ときどき会って情事を楽しむ。職場が同じだけに、スリルは充分である。薗部には、大きな生き甲斐になっている。

しかし、相手の康子は、そう思っていないようである。どう思っているのか、それが不安でもあり、問題であった。

康子は、そんな薗部の胸のうちを、よく知っているようだった。

男のエゴイズムと諦めているのかもしれない。さきのことに就て話し合うことは避けている様子である。薗部は、将来に就て触れたがらない。もし、その話をすれば、多分意見は衝突する筈である。薗部はそれを恐れていたし、康子もそれを避けていた。

ただ、康子は、彼とのことを、ただの情事と割り切っているとは考えられない。その証拠のように、康子は、ときどき、意味もなく駄々を捏《こ》ねたり、荒れて、薗部を困らせることがあった。


その晩の康子にも、そんな気配が感じられた。

薗部は、やれやれ、と気重になっていた。

しかし、気まずい思いをするのは、彼の一番の苦手である。さしあたって、とにかく康子の機嫌が良くなるなら、どうでもよかった。

だから、康子が、海を見たいといい出したときに、彼はこんなふうに答えた。

「海か……。そういえば、俺もしばらく海なんか見てなかった」

嘘とはいえないが、薗部は、海を見に行きたいなどと思ったことは一度もない。

康子が電話をかけに立ったあと、薗部は、ぼんやりと店の内部を見廻した。

薗部には、あまり馴染みのないドライブ・インである。

以前、入ったことがあるような気もするのだが、はっきりとした記憶はなかった。硝子窓を大きく取った構造で、外から内部の様子がまる見えである。だから、車で幹線道路を走って来る客の目に立つ。おもてのネオンも、遠くから見えるように、大きく高い所に取付けてある。

夜の九時を廻っているのに、店は八分通り客で埋められている。一様にくだけた服装をして、色も派手だ。薗部のような勤め人ふうの男はほとんどいない。客の大半は女で、時間などまるで気に掛けない様子で、煙草をふかし、熱心に話し合っている。薗部には、その女たちは、どういう種類の女なのか、主婦なのか、ＯＬなのか、その両方を兼ねているのか、まるで見当がつかない。

「……それで、私、いってやったのよ。駄目よって。私、亭主持ちだからって……」

「ふうん、そしたら……」

背後の席の話し声が耳に入った。

「そしたらね。向うもさるものでね。そりゃあ最高だ。人妻の方が面倒がなくていいや、だって」

「へえ、いうじゃない」

「結構いうのよ」

「それで、どうしたの。つき合っちゃったんでしょ。そうでしょ」

くすくす笑う声がする。

「いやーだ。すごいわねえ」

あとは、急に声が低くなった。忍び笑いとひそひそ話が続く。

康子が帰って来た。

「まったく厭になっちゃう。前の女の人ときたら、ほんとに話が長いんだから……」

「そうか」

「頭に来るわ」

「それで用は足りたのか」

「ええ」

「稔也は、もう寝てたか」

稔也は五歳になる。康子の一粒種である。

彼女は、ひと息ついて、

「……まだ起きてたわ」

と、答えた。いわでもがなのことを口にしてしまった、と、薗部は舌打ちしたくなった。

花が終って、もう連休が目の前だというのに、夜気は冷たかった。

「寒いわ」

康子は、高速に入る前から、車の横の窓を閉め切った。

「酔いが醒めたんだろう」

「そうかもしれない。もっと飲んでおけばよかったかしら」

薗部もすっかり醒めていた。濃い珈琲を飲んだのが効いたらしかった。だいたい、ハンドルを握ると、しゃんとなるたちである。

いつになく、康子は口数が少なかった。

もとから、あまりお喋りではないが、薗部がちらりと横目で見ると、青白い顔をして、前を睨《にら》んでいる。

「まだ寒いのか」

首を振る。

「走っていると、気が晴れるわ」

そういって、また、ふっと自分だけの考えのなかに沈み込んで行ってしまう。

「アメリカはいいな。……時々、そう思うことがある」

薗部は、一台の車を追い越して、また元の車線に戻ったときに、ふっと、そういった。

「多分、映画で見たんだと思うけれど……、アメリカでは、一つの町を出ると、隣の町まで、間にはなにもないし、ひとつひとつの町が独立したみたいに、別々なんだ。或る晩、主人公が思い立って、今まで暮していた町を車で出て行くときに、こう呟くんだよ。明日からは、誰も知った顔のいない町で、新しい暮しを始めるんだ、ってね。誰も俺のことは知らない。その町で、生れ変るんだ、ってね……。

うらやましい話だと思うな。日本は、どこまで行ったって続いていて、どこの町にも、誰か知合いがいる。どこまで行ったって、それをふっ切るわけにいかないものな……」

康子は答えなかった。なにも聞えなかったように、じっと前方を見詰めたままだった。

薗部は、口を噤むことにした。話し続ければ、話すだけ、気持が冷えて来そうな気がしたからである。

夜の道路が空いている時間なら、東京から湘南の海までは、一時間そこそこで着いてしまう。

薗部と康子は、海岸の駐車場に乗り入れた車のなかに、二人して坐っていた。

渚《なぎさ》はすぐ目の前だったけれど、降りてそこまで行くのが大儀に思われた。

海はよく凪《な》いでいて、月のない暗い夜の底から、ささやかな波音がするだけだった。

薗部は、康子の気持をはかりかねていた。

海が見たい、というのは、単なる口実としか思えなかった。

事実、海と向い合っていても、康子は車から降りようともしなかったし、ただのひとことも発することなしに、ぼんやりと視線を漂わせているだけであった。明らかに、いつもとは違う康子である。

そんなふうにして時間を過すのは、薗部には辛い。

ホテルのベッドに二人でいる時とか、街なかで会っている時には、お互い、相手しか目に入らないし、余分な考えは持たずに済んだ。

しかし、そうして、黙って肩を並べていると、厭でも思いは拡がって行く。とめどなく落ちて行くような不安と、前途に対する漠とした恐れが、彼を落ち着かない気分にさせ、苛《さいな》み始める。

薗部は唸るように呟いた。無理に声を出したという感じだった。

「考え始めると、辛くなるんだ。だから、考えたくないんだよ。これが本当のところかもしれない」

「私もよ」

と、康子が低い声で答えた。

「……でも、考えずにいられないの」

「よそうよ、考えた末にこうなったわけじゃない。自然にこうなったんだ。だから、後から考えて理屈をつけても、どうなるわけのものじゃない。なるようになっただけなんだと思う」

薗部も、康子も、そんな話をするのは、それが初めてだった。今までは、それぞれ自分の胸のうちに蔵《しま》い込んでいて、口にはしなかったことである。

薗部は口惜しかった。

考えてどうなるわけのものではない、それは彼の本音だった。答えは一つしかない。時である。時間さえあれば、解決がつく。彼はそう信じていた。その間を、康子がじっと耐えることが出来れば……。

薗部の期待は、わがままな、一方的なものかもしれない。しかし、彼はその希望にすがっていた。その希望が、脆《もろ》くも潰《つい》え去ろうとしているのである。

急に、深い疲労感が薗部を襲った。

五十年近く生きて来たその疲れが、どっと押し寄せたという感じだった。

「……俺は急に老け込んだような気がするよ……」

薗部は苦笑した。

「ごめんなさい。私が悪いんだわ」

(そんなことはないさ)

彼は口のなかで呟いた。

(俺にもっと才覚があれば、どうにでもなったことだ)

その薗部の自嘲ともつかない呟きは、康子のひとことで吹き飛んでしまった。

「……私、死んでしまいたい……」

海沿いの道を、薗部は黙って車を進めて行った。

横の席には、放心したような康子が坐っていた。

薗部は、しっかりとハンドルを握っていた。なにかにつかまっていないと倒れてしまいそうだった。

カーブを曲ったときに、突然、目も眩むような光が、真っ正面から、薗部の顔を射た。

叫ぶ間もなかった。

ハンドルを握った薗部の手は、瞬間、凍りついたように硬直した。

光の正体は、大型トラックだった。

その先の魚市場から、魚を一杯に積み込んで、夜通し、地方へと突っ走る急行便である。

大型トラックは、わがもの顔に、狭い道路の中央を走っていた。

どちら側に避けても、とても避けられそうもなかった。すれ違うだけの幅は到底なさそうに見えた。

向うの車のヘッドライトが、鼻の先まで来たときに、薗部は必死の思いでハンドルを切った。

両腕は硬張《こわば》っているし、ハンドルは錆びついているのかと思うくらい重く感じられた。

彼の車は、道路沿いの家屋に、そのまま突っ込みかけた。見る見る軒が目の前に迫って来る。

康子が叫ぶのが聞えたが、構っている閑《ひま》はなかった。

彼は、あわてふためいて、ハンドルを切り返した。

その一瞬、もの凄い勢いで、トラックが突進して来た。彼は、恐怖のあまり、総毛立ちながらブレーキを踏み続けた。

それからの数秒間に、次々といろいろの事が起った。

吼え立てるように警笛を鳴らし続けながら、藺部の車とすれすれに、巨大なトラックが通り過ぎた。新幹線が通り過ぎたような風圧であった。

甲高いブレーキの軋む音と共に、藺部の車は、方向を失って、廻転し始めた。急激なブレーキとハンドル操作の結果だった。巨大な手でつかまえられて振り廻されるように、車体はくるくると廻転して、道路から飛び出しそうになったが、やっと踏みとどまって、来た方向とは丁度逆に向いて静止した。驚いたことに、車体には、なんの損傷もないようだった。

藺部と康子は、しばらく、突っ伏したままだった。

ぴくりともしなかった。

二人とも、血の気を失っていた。

藺部は、ハンドルを握ったままだった。

康子は、頭を抱えていた。

幸い、どこも怪我をした様子はない。

やがて藺部が顔を上げると、信じられないといった面持ちで、何度か頭を振った。

そして、横の康子に気がつくと、慌てて顔をのぞき込み、心配そうに声を掛けた。

「大丈夫か、おい、大丈夫か……」

肩に手を掛けてゆり動かすと、だらんと両手が下に垂れた。どうやら気を失っているらしかった。

烈しくゆすると、少しずつ顔に血の気がさして来た。

「康子、康子」

目がうっすらと開いた。

藺部は、勢いづいて、ゆすり続けた。

「しっかりしろ。目を覚ますんだ」

段々と生気が戻って来て、康子は肩を抱かれながら、不思議そうに車内を見廻した。

「……どうしたの」

「しっかりするんだ。俺たちはね、もうちょっとの所で、命を拾ったんだぜ」

すると、すっかり気を取り戻した康子は、藺部の首にいきなり抱きついた。

「よかった、私たち、助かったのね。ああ、助かったんだわ……」

叫ぶなり、康子は、ぽろぽろと涙をこぼした。そして、何度も、助かったのね、と繰返しい
い続けた。

藺部は、その康子をしっかりと抱きしめていたが、突然妙なことを思い出した。

(確か、ついさっきまで、死んでしまいたいといっていたのは、どこの誰だったろうか)

しかし、思い出したところで、そんなことは口には出せないと解っていた。

それに、もし、それを材料にからかったとしても、康子は、私はそんなことはいわなかった、

と、躍起になって否定したに違いない。

女というのは、自分に都合の悪いことはみんな忘れてしまうものだ。薗部は今でもそう思っている。

康子は、その後、再婚して、仕合せそうである。その相手は、薗部ではない。

夜

式が始まる前に、丹野はトイレットに寄った。

用を足していると、あとから長尾が入って来た。長尾は仲人だから、礼服に威儀を正している。

「ご苦労さん」

「ああ……」

長尾は並んで用を足しながら、首をさかんに振る。

「どうもカラーがきつくて……。久し振りだからな」

「ご苦労さまだ」

「仕方がねえ。買って出たんだから」

丹野は聞いてみた。

「どうだい、久米のやつ」

「まあな」

「参ってるか」

「だろうと思う」

結婚するのは、久米の一人娘である。

もうひとつ問題なのは、親ひとり子ひとりという点である。久米の細君は、十年も前に亡くなっている。その時は、長尾も丹野も葬儀に連なった。その後は、久米が、男手ひとつで娘の涼子を育てた。というのは表向きで、実状は、涼子が父親の面倒を見たという方が本当かもしれない。父親の久米としては、なかなか涼子を手離したくなかった筈である。

放っておけば、涼子は、いきそびれそうだった。

見かねた長尾が、相手を探して来て、縁談をまとめた。多少の曲折はあったけれど、久米も、いつかは、と覚悟はしていたようで、長尾や丹野が心配したよりも、ことはスムースに運んだ。

「あいつと賭けたんだけど、あんたも乗れ」

長尾が手を洗いながらいった。

「なんの賭けだ」

長尾はにやにや笑った。

「あいつ、きっと泣くに違いないと思ってさ」

「うーん」

「絶対に泣いたりしないって、威張るんだ。だから、泣いたら一万円。あんたも乗れ」

「よし、乗った」

長尾はネクタイを直し、腕時計に目をやって、公式用の顔になった。

「じゃ、行くか……」


新郎新婦は、新郎の運転する車で、成田へ出発した。

成田のホテルに一泊して、翌朝の便で、ニュー・カレドニアに飛ぶのだそうである。

「いいなあ、俺も新婚旅行に外国へ行きたかった」

丹野は、ぼやいた。彼等が結婚した頃を考えると夢のような話である。その頃は、一生に一度外国へ行けたらという夢を、誰もが抱いていたが、それが実現する時代が来るとは誰も思っていなかった。

「あとで行ったじゃないか」

と、久米が言った。

「新婚で行きたかったんだ。あとからじゃ駄目だ」

と、丹野は抗弁した。

「俺だって行ってない」

久米はぶすっと呟いた。

「もうすこし早く生れりゃよかったかもしれない。明治に生れて、大正が青春時代で、戦前のパリを見た、なんてのはいちばんよかったんじゃないか」

「それなら、たぶん戦争で死んでる」

「そうか」

「妙なもんだね。昭和ひとけた生れは、大正にあこがれるし、大正は明治にあこがれる」

「明治生れは慶応にあこがれるかね」

「慶応というより、漠然と、江戸時代かなあ」

丹野と久米が埒もないことを話しているところへ、長尾が車を廻して来た。運転手つきである。

「さあ、乗った乗った」

長尾は、運転手の横に坐って、後に久米と丹野を乗せた。

「どうせ今夜は、家に帰ったって誰も文句をいうのはいないわけだ。久し振りに、ゆっくり飲もう」

「そうだな……」

久米は、ネクタイを弛《ゆる》めながらいった。

「……今日は肩が凝った。なにしろ馴れない役どころだから」

「なかなか立派だったよ。上出来さ」

「お前のとこの、……なんてったっけ」

「麻美か」

「そうだ、麻美ちゃんはまだなのか」

「まだまだ、大学だぜ」

「なにが、まだなもんか……」

前の席から、長尾が振り向いて言った。

「……そんな暢気《のんき》なこといってると、泡を食うぞ」

「なあに、あいつはおくてだから……」

「馬鹿、そんなこと思ってるのは親父くらいで、娘の方はずっと進んでるよ」

「馬鹿いえ。そんなことあるもんか」

「……或る日帰って来ると、いきなり膝詰めで、お父さん、あたし結婚します、なんて、来るぞ」

「おどかすなよ」

「その時になって目を白黒したって遅いぞ。今のうちから、しっかり肚《はら》をくくっとかなくちゃ」

「そうかね」

「……俺の体験だよ。あの時は、正直いってショックだった。天地がひっくり返ったかと思ったよ」

長尾は、子供が出来たのが早かった。その長女が嫁いだのも随分前である。

「……あの頃は、俺たち夫婦も若かったからなあ。今日の久米みたいに落ち着いちゃいられなかった」

「なに、見掛けだけだ……」

久米は、ぶすっとしていった。

「……明日からは、どうして生きて行ったらいいかわからない」

冗談のようでもあり、半分本音なのかもしれない。

「まあいいや、恨むんなら長尾を恨んでくれ。こいつが縁談を持って来たんだから」

長尾は、平気な顔でへっへっと笑った。

そして、久米に、

「どうだ、これを機に、若いのでも貰ったら」

と、気を引くようなことをいった。

「あらお珍しい。お三人揃って……」

と、女主人が声を上げた。

赤坂の小料理屋である。

「まあまあ、今日はなんでしたの」

長尾が、久米の方を顎で指して、

「なに、こいつが、やっと離婚が成立して」

「あらまあ」

女主人は目をむいた。

「お別れになったんですの」

「そうなんだ。その祝いさ。羨《うらやま》しい話さ」

「まあ、本当なんですの」

久米は苦笑したが、話につき合うことにした。

「うん、そういうような訳でね。宜しく願います」

「まあまあ」

彼女は目を丸くしている。

「そういう訳でさ。これからひとつ新しい人生を踏み出そうという所なんだけどね。それには、まず、新しい連れ合いが要る……」

「はあ……」

「男も、この齢《とし》になると、とても一人では暮せないんでね。なあ、丹野ちゃん」

「そうそう」

「誰か心当りはないかな。ねえ。貴女の知合いでさ」

「……さあ」

「どうせなら、うんと若い方がいいな」

「まあ、うんと若い人がいいの」

「そうそう、遺産目当ての、飛び切りの美人。こいつ、しこたま持ってるからな」

久米が、突然ぷっと吹き出した。長尾も丹野も笑い出した。

「いやあねえ。また悪い冗談。私、本気にするところだったわ」

「そうか、惜しかったな」

「よっぽど、私じゃどうかしらって、ここまで出かかって……、ああ、恥かかなくてよかった」

「だって、貴女は、れっきとした亭主持ちじゃないか」

「……でも、そんないい話だったら、主人なんかほっぽって行っちゃうわ」

「ふうん。いい度胸だなあ」

三人とも笑った。

長尾が、正装の理由を説明すると、女主人は改めて、久米に祝いを述べた。

「やあ、どうもどうも」

久米も神妙に礼を述べて、それから三人は腰を据えて飲み始めた。

丹野は、女主人が、

（それはお淋しくなるわね）

という言葉を口に出しはしないかと、内心ひやひやしていた。

目出度いこととはいえ、久米の淋しさは大きい筈である。なるべくなら、そこには触れずに置きたかった。幸いなことに、そこの女主人は、そのへんを充分心得ているようで、そつがなかった。その店では長尾がいちばんの顔だが、長尾も、彼女のそんな所を信頼しているように見えた。

「今夜は飲みたくてね」

女主人の酌を受けながら、長尾がそういうのを、丹野は、耳の端で聞いた。久米の代りにそういっているのだ、と、よく解った。

それからどう歩いたのか、次に丹野が気がついた時には、彼等は六本木のクラブにいた。

以前、誰かと来たことのあるクラブである。

バンドが、古い、聞き覚えのある曲を流している。

隣に、長尾の顔も、久米の顔もあった。

長尾は、酔うと、顔がふくらんで、段々と大きくなって来る。

久米の顔は、酔いと共に、ばらばらになって、目も鼻も眉も連絡がなくなり、なんだかとりとめのない顔になる。

（お前たちは、まるで化け物みたいで、酔っ払うと見られたものじゃない。すこしはつつしめ）

丹野は以前、どこかで、二人にそう毒づいたことがある。

（馬鹿いえ。お前が酔っ払ってるから、そんなふうに見えるんだ。俺はちゃんとしてるぞ）

二人は、そういい返した。その時は三人とも完全に酔っ払っていた。

今や、長尾の顔は、また大きくふくらんで風船のように、ゆらゆら揺れている。久米の顔は、顔の形をしていない。なにかの模様のように見える。その口がぱくぱく開いて、なにかいっている。

すると、長尾が、ゆらゆらと立ち上った。

バンドの所へ行って、なにか交渉をしているようだ。

丹野の耳のそばで、誰かが拍手をした。

驚いてそっちを見ると、見たような女が隣に坐っている。

なんだか狐のような女だなと思ったら、どうやらそれは丹野も知っている女らしい。

長尾ちゃん、なんとか、と、女は叫んだ。

なにか唄の名前をいっているのだな、と、丹野は思った。

長尾は、バンドと打合せを済ませたらしく、マイクを手にして、一礼した。

隣の女が、また、なにか叫んで、手を叩いた。

曲が流れ、それは、丹野もよく知っている古いスタンダードの曲であった。

あれは、なんという唄だったか。

丹野が思い出そうとつとめているうちに、長尾の唄う声も、曲も段々遠ざかって行って、丹野は記憶を失った。


彼は夢を見ていた。

彼の立っている場所は、だだっ広い草原で、膝の下あたりまで伸びた深い草が、どこまでも地平線のあたりまで続いている。どこかで見たような景色だけれども、彼には思い出せない。

地平線のあたりの空は、火事のように真っ赤になっている。夕焼けのようでもあるが、火事らしくもある。

「とうとう、ここまで来てしまったわ」

と、隣にいる女が呟いた。

若い女らしいが、なぜか、いることは解っていても、そっちを見ることは出来ない。

「あなたは帰ることが出来るけれど……」

と、女は、また呟いた。

「……私は、もう帰れやしない」

と、恨めしげに言う。

「本当は、私のことを忘れたいと思ってるんでしょう」

地平線のあたりは、ますます赤くなって来て、気のせいか頬のあたりが、照り返しで熱いような気がする。

「もう、半分は忘れかかっているのね」

女は、彼の気持を見すかすようなことをいう。

忘れる筈はない、と、いうつもりだったが、正直なところ、彼には、その若い女の正体が解らなかった。

「思い出せないのね。お顔にちゃんとそう書いてあるわ」

彼は胸苦しくなった。どうしても思い出せない。この女は誰なのだろう……。


誰かが、丹野をゆり起した。

はっと気がつくと、今度は解った。クラブの女である。

「困ったわ。ねえ、丹野さん、起きて……」

丹野は溜息をついた。

グラスを取って、ひと口飲むと、いくらかしゃんとした。

「どうしたんだ」

女は、黙って丹野の腕を引っ張る。

丹野は、訳が解らないままに、彼女に引っ張られて、あとをついて行った。

男子用のトイレットの前まで来て、女は、ドアを指していった。

「ねえ、悪いけど……久米さんらしいのよ」

丹野には、女のいうことの意味がよく呑み込めなかった。

ただ、なんとなく、ドアの向うに、なにかがあることが、漠然と解った。

恐るおそる取手を廻すと、ドアは簡単に開いた。

なかの光景を目にしたときに、丹野は一瞬肝を冷した。息が詰った。

事故の予感のようなものを感じたからである。

しかし、幸いなことに、それは思い過しだった。

「大丈夫だ、ああ、びっくりした」

丹野は、息をはずませながら、女にいった。

「心配ないよ。眠っているだけだ」

それは、異様な光景だった。

正装のままの久米が、便器の蓋の上にどっかと腰を下ろしたまま、前後不覚に寝入っていた。

二つ折りになった上体の、頭の方が、手前に突き出ていて、顔が見えないのが不気味だったが、深い規則正しい寝息を立てていた。

久米の頭の天辺《てっぺん》は、かなり薄くなっている。その頭が、寝息と共に、僅かに上下する。

「よく寝てるよ」

「心配したわ。倒れたのかと思って……」

「そうだな。その心配だってあるもんなあ」

「あるのよ。前にここで倒れたお客さんがあって……、でも、よかった、安心した」

「でも、よく寝てるな。起すのが可哀そうなくらいだ」

丹野と女は、少しの間、久米の寝姿を見ていた。

三人がその店を出た時には、もう、空が白んでいた。

さすがに飲み疲れて、三人とも無駄口を叩く元気はなかった。

長尾は、同じ方角の久米を送って行くことになって、三人は言葉少なに別れた。

それでも、次の日の午後、会社に出ている丹野に、長尾から電話が掛って来た。

「どうだ、調子は」

「うん、ひどいもんだ」

「それでも会社へ出てるから偉いもんだ。俺はダウンだよ」

「久米はどうした」

「あいつも、家で唸《うな》ってる」

「そうか、お互いに、もう無理はきかなくなったな」

受話器の向うから、長尾の、元気のない笑い声がした。

「そうだ、報告があったんだ。おい、あいつな。やっぱり泣いたぞ」

「ほう」

「帰りの車のなかでな。賭けは俺たちの勝ちだ」

「そうか……」

「と、いいたいところなんだが、預りになったよ」

「ふうん、何故」

「……すまん、俺も泣いちゃったんだ」

「なんだって」

「齢のせいで、涙もろくなってるのかもしれない。涼子がね、長尾の小父さまに、本当に感謝してます、っていったのを思い出してね、つい……」

長尾の声が曇った。

「やっぱり、自分の娘みたいな気がしてたからな。赤ん坊の頃から見てて……、おい……、聞いてるのか……」

無線ばか

私鉄の、その駅前から出発するバスは、しばらく住宅地の中を走って、十五分ほどで植物園の正門に着く。大半の乗客は、植物園が目当てだからそこで降りるが、バスはその敷地に沿って、もうちょっと先の横門の方まで廻り込んで、車庫代りの空地を終点にして、そこで折り返す。

車庫といっても、別になんの設備があるわけではない。辛うじて陽や雨をよけるだけの屋根のついたベンチがあって、そこも五六人でもう一杯になる。地面だけはアスファルトを敷いてあるが、大きなバスが方向転換をする為のスペースを考えると、ほかにはなにほどの余地もない。

空地の一方に面して、二軒の店がある。

一軒はみやげ物屋、一軒は珈琲店である。

みやげ物屋の方は、もちろん植物園帰りの客目当てで、大して見栄えのしない、手軽なみやげ物を並べている。場所柄、小さな鉢ものの植物も置いてあるが、園内にある売店のものに較べると、かなり見劣りがする。それでも、バスの発車間際に慌しく買って行く客たちなどもあって、置かないわけにはいかない。

みやげ物屋武蔵野の隣は、珈琲店ローズである。

珈琲だけではとてもやって行けない土地柄だから、もちろん軽食も出来るし、うどんも出す。テレビ・ゲームの台も置いてある。夜になれば酒も出す。

二軒の店の前の地面には、ほんの申しわけ程度にコンクリートの車止めの凸起《とつき》がある。

とにかく軒近くを、大きな図体《ずうたい》のバスが動き廻るわけだから、うっかり者の運転手がつい運転を誤らないとは限らない。巨大なバスの尻を店先に突っ込まれでもしたら堪らないし、バス会社の方も、そんな事故の弁償はしたくない。そういう両方の思惑から生れた凸起だが、武蔵野の親爺は、思いついて、そのコンクリートの台の上に、小さな植物の鉢を三つ四つずつ乗せることにした。

そうしておけば、その不細工な出っ張りもいくらか潤いを帯びて見えたし、バスの運転手もいくらかバックの時などに気を遣うだろうと思ったからである。運転手はたいてい顔馴染みだったし、なかでも古株の坂田は、

「なかなか悪くねえよ」

と賞めてくれた。坂田は花好きで、武蔵野から時々鉢を買うこともあるし、自分のうちでも

なにかしら育てているようだった。

「アパートだからねえ。鉢ぐらいしか育てられねえよ」

と、坂田はいう。

「……畑でも買って、園芸をやりたいと思うんだが……、このへんじゃ、もう無理かな」

坂田は、地方の農家の出だそうである。

「くにに帰れば、すこしは自分の土地もあるんだよ」

坂田は、いつもそういう。


その空地には、もう一人、定連《じようれん》がいる。

空地に定連というのも可笑しいが、良治がそれである。

良治は何歳になるだろう。見たところ十三四のようでもあるし、はたちを過ぎているように見えることもある。

良治はいつも、きちんと帽子をかぶっている。紺色の野球帽で、庇《ひさし》に金色の糸で縫い取りがしてある洒落た帽子だった。毎日々々かぶっているからかなり色褪せてしまっているが、良治はかたときもその帽子を離したことがない。

生れつきの大頭で、なかなか合う帽子がなかったけれど、年中、くりくり坊主の頭を陽に曝《さら》しているのはよくないと、母親が心配して、どこかから手に入れて来たのである。

もうひとつ、良治が、離さないものがある。

それは、ウォーキー・トーキーとか、トランシーバーとか呼ばれる、警察官などがよく手にしている小型の無線電話である。良治はなによりもそれを大切にしていた。

良治は、いかにも使い馴れた感じで、ボディの横に付いているアンテナをするすると引き出し、ぱちんとスイッチを発信の方に入れる。そして、落ち着き払って、話しかける。

「ああ、もしもし、こちら終点、十五分発のバス遅れていますが、今どこですか、どうぞ」

スイッチを受信に入れ換えて、耳に当て、良治は、じっと耳を澄まして聞き入り、時折頷いて見せたりする。

頷いてはいるけれども、そのトランシーバーからは、なにも聞えて来ない。ずっと以前に、壊れて棄ててあったのを拾って来たものなのである。電池もそのままである。

良治の受け答えが、あまり真に迫っているので、初めて良治を見掛けた人は、まんまと欺《だま》されてしまう。しばらく不思議そうに眺めているのだが、やがて、良治がバス会社の人間でもなく、そのトランシーバーが役立たずであるのに気がついて、良治を別の目で見るようになる。

良治は、そんな他人の目に頓着《とんちゃく》しない。絶えずトランシーバーを操って、見えない相手と連絡を取り、バスの発着や運行に気を配るのである。

土地の人々は、良治のことを〔無線ばか〕と蔭で呼んでいる。ときとして、良治よりずっと小さい子供や、生意気盛りの中学生などが、良治をからかったり、悪態をつくこともあった。

良治は、そんな時には、逆らわずにじっと下を向いて、彼等が飽きて立ち去るのを待った。気が弱いし、争うのが嫌いだったからである。

バスの運転手たちは、あまり彼に構ったりしない。

若くて、まだこの路線に配属されたばかりの運転手には、良治を怒鳴りつけたりするのもいた。良治は、ただ竦《すく》み上ってしまって、怒鳴りつけた運転手の方が、かえってばつの悪い思いをするのであった。そんな思いを一度すると、どの運転手も、それ以後、良治にあまり辛く当ることはしなくなった。

良治は殆どどの運転手とも顔馴染みだが、坂田の運転するバスが入って来ると、いちばん嬉しかった。坂田は、空地にバスを乗り入れるときに、かならず良治の姿を目で探し、片手を挙げてくれるからだった。

坂田が手を挙げると、良治は、右手にトランシーバーを構えたまま、左手で坂田に敬礼する。敬礼は、私鉄の駅の助役や、警察官がしているのを見覚えたのである。

良治は、敬礼をすると、日頃母親から堅くいい付けられている通り、慎重にバスの進路を避けて、安全な隅に下って待機する。坂田は馴れたハンドルさばきでバスを方向転換させ、停車する。その一連の車体の動きを見ると、良治は、胸がわくわくした。坂田の運転には無駄がない。大きな車体が、切り返されて、ゆっくりとなめらかに廻る。車輪がいつもと同じ軌跡を描いて、車止めの手前に、充分な余裕を残して静止する。エンジンが切られ、排気管から吐き出される煙が消えて、身震いしていたバスは、しんと静まり返ってしまう。

この終点で降りる客は、いつも少なかった。坂田運転手は、制帽を脱ぎ、額の汗を拭きながら、ゆっくりと降りて来る。

良治は、走り寄りたいところだが、きまりが悪いので、その坂田に、遠くから、

「御苦労さん」

と、声を掛ける。

坂田は頷いて、

「御苦労さん」

と、答えてくれる。

それからローズの店先にある自動販売機の清涼飲料水を買うこともあれば、あいているベンチに坐って一服することもある。

そんなとき、良治は、遠慮がちに、ベンチの反対側の端に腰掛けて黙っている。坂田の方も、別に話し掛けることもなくて、空を眺めて煙草をふかしている。

煙草を吸い終ると、坂田は、腕時計をちらっと見て、

「そろそろ行くか」

と、呟いて立上る。

良治も、慌てて立ち上ると、

「御苦労さん」

と、敬礼する。

「御苦労さん」

坂田も軽く答礼して、武蔵野やローズの方へも挨拶代りにちょっと手を上げて、バスに乗り込む。やがてバスはうす紫色の煙を吐いて、悠々と出発して行く。


良治は、父親を知らない。

良治の母親のひさ子は、あちこちの手伝いをして親子二人の生計をなんとか賄っている。

ひさ子は近くの農家の娘で、身体は丈夫だし、まめに働いて文句をいわない方だから、半端な仕事の口には困らなかった。仕事の先は、ある時は食堂だったり、畑仕事だったり、法事や結婚式の手伝いにも出掛けた。

ただ、人が好すぎるのか、よく欺された。何度も男に欺されて、子を孕《はら》んだ。

良治を身ごもった時に、ひさ子は、とうとう家を出された。両親に問い詰められたけれど、ひさ子自身にも、誰が父親なのかよく解らなかった。それがまた、両親の怒りに油を注ぐことになった。

ひさ子は、しつこくいい寄られると、拒むことが出来ないたちであった。それだけ自分を求めてくれる男は、もう先々ないのではないかという気になって、つい身をまかせてしまう。

どの男も、初めは優しかった。そして、ひさ子が、やっとその男の匂いに馴れ始めた頃には、その男はひさ子の軀《からだ》の上を通り過ぎて、どこかへ消えて行ってしまう。ひさ子はいつも取り残されて、そのうちにまた新しい男が現れて彼女を抱き、ひさ子は、今度こそとはかない望みをつないだ。

良治を身ごもった時に、ひさ子は、今度こそ生もうと思ったが、両親は父《てて》なし子を生むことを許さなかった。だから、ひさ子は、家を出されたというより出たという方が本当かもしれない。

ひさ子は、東京の下町に住んでいる親戚を頼って行って、そこで良治を生み、乳離れするようになってから、彼を抱いてまた両親のいるこの町に戻り、物置ほどの家を借りて親子二人だけの暮しを営んだ。

両親も、さすがに孫の顔を見ると、無視は出来なくなったのだろう。老いた母親が、人目を忍ぶようにしてそっと現れ、小遣いを置いて行くこともある。その金もいずれは父親から出たものらしかった。

良治の父親に就ては、いろいろな臆測がある。

ひさ子が以前に勤めていた工場の工員だという説もあるし、駅前の食堂の主人だという人もある。その駅前のだるま食堂の主人説がかなり有力な理由は、女癖の悪いことと、良治に似た大頭のせいである。

「誰が見たって、こりゃ一目瞭然というやつさ。良治は、だるま食堂のタネに違えねえ」

その説は、このあたりの土地の者の間では決定的とされていて、その為か、良治は、自分からも決して駅前の方へは足を向けなかった。誰かから直接聞いたわけではないらしいが、そういう話は、廻り廻って、なんとなく耳に入るものらしい。

他にも候補者の名前は、何人か挙げられていて、実際にそのうちの二三は、ひさ子と関係があった男たちである。その男たちは、仲間から面白半分問い詰められると、決って首を横に振り、

「俺じゃない」

と否定した。みんなそれぞれ女房もあり、子供もいる男たちである。

「……その証拠に、俺の子供に、ばかはいねえだろうが」

確かにそうであった。しかし、それだからといって、それが確かな証拠といえるのかどうか、それは誰にもよく解らなかった。

「昔はな、どこの町内にも、良治のような子がいたもんよ……」

長いこと東京の下町で暮していて、戦争中からこの町に移って来た煙草屋の爺さんがいった。

「……頭は少し足りなくても、ああいう子は、悪さもしねえし、おとなしいもんだ。子供たちは思いやりってものがねえから、いじめたりからかったりするが、町の連中はみんな親代りになって、面倒を見てやったり、気をつけてやってたもんだ。マスコットといったら恰好よすぎるが、ああいう子も、町の員数のなかにちゃんと入ってて、誰もバカにしたりしなかったもん

だ。あんな子でも、安心して町なかで遊んでいられたのさ。それが今どきのように恰好つける家ばっかりになって、ああいう子供は、施設に入れられたり、外へ出さずに隠しちまうようになって、町なかじゃすっかり見かけなくなった。良治の奴はそこへいくと幸せだよ。いい遊び場もあるし、のびのびしていられてなあ……」

実際、良治は、いい遊び場を持っていた。

母親のひさ子は、良治に朝食を食べさせると、彼の昼食を戸棚に入れて、その日の仕事に出て行く。

良治は、雨が降っていない限り、母親を途中まで送って行く。しっかりと野球帽をかぶり、片手にトランシーバーを持って。

別れる角まで来ると、ひさ子は、

「気をつけるんだよ。なるべく早く帰るからね。お昼をちゃんと食べるんだよ」

と念を押す。

良治は頷くと、母親に軽く敬礼をして、

「御苦労さん」

と挨拶する。それから、ぶらぶらとあのバスの終点へ向って歩き出す。

途中で、良治を追い抜いて行くバスがあると、彼はちょっと立ち停って、首を傾げる。

「ええと、あれは四十五分着だったかな……」

良治は、バスの運行予定表を殆ど諳《そら》んじていた。

「……うん、定時だ。よろしい」

彼は、トランシーバーのアンテナを引き出すと、ぱちんとスイッチを入れた。

「ああもしもし、四十五分着、定時に通過、確認しました。どうぞ」

そして、スイッチを受信に切り換えると、耳を澄ました。そして、もったいらしく舌打ちをすると、

「……営業所の奴、またさぼってやがる」

と呟いた。


その日は、良治にとって最大の悪日になった。

土曜日で、植物園は、いつにない人出で賑わっていた。夏の花が咲き揃う頃だったし、園内のステージで、人気歌手が歌うということもあって、ふだんは人気《ひとけ》の少ない横門の方もぞろぞろと人が出入りした。終点でバスを待つ客も列を作っていたし、バスの運転手も、午後になると疲れて気が立っていた。

良治も、人出で興奮していた。人にぶつかったり、邪魔にされたりで、うろうろしていた。

いつも母親から厳重に注意され、自分でもしっかり頭に刻みつけて置いた筈のルールを、どこ

かに忘れていた。

バスを待つ人の列が、車の進路の方まではみ出しているのを見て、良治は、危ないと思った。

「はい、気をつけて下さい。そこをどいて、オーライ、オーライ」

良治は、バックして来るバスの進路に立って、不注意な人々を整理しようとした。

「はい、バック・オーライ、バック・オーライ」

うまく誘導しているつもりだったが、突然足を取られて、良治は地面に転がった。車止めの凸起に足を引っかけたのだった。その上に置いてあった植木鉢が転がり、良治の手から飛んだトランシーバーの上に、バックして来たバスの後輪が乗って、気味の悪い音と共に、破片が飛び散った。

あちこちから悲鳴が上ると同時に、武蔵野の店先から、親爺が飛び出した。そして、恐ろしい勢いで転がった良治の身体の上へ覆いかぶさった。

バスは、きわどいところで停った。

運転席からは、若い運転手が血相変えて飛び降りて来た。

怒鳴りつけるつもりだった運転手も、それ以上に凄《すさ》まじい武蔵野の親爺の形相に押されて、声が出なかった。

良治は、抱き起された。顔色は真っ青だが、気は失っていなかった。

「大丈夫か、おい、大丈夫か」

揺すぶられて、良治は弱々しく頷いた。

そして周囲をかこんだ人垣を見て、怯えたように身体を竦めた。泣き顔になった。

「心配するな。誰もお前を叱《しか》りゃしない」

と、武蔵野の親爺は、堅く良治の身体を抱いてやった。

「そうだよ。誰もお前のことを怒ったりしない」

ローズの親爺も、そばからそう口添えした。

良治の怪我は、奇蹟的に、すり傷だけで済んだ。

良治は、今、新しいトランシーバーを手にして、相変らずバスの終点に立っている。

その新しいトランシーバーは、バスの運転手の坂田が、どこかで見つけて来た奴である。

「きっと噂になるぜ。俺が良治の実の父親に違いねえって」

武蔵野の親爺は、苦笑しながらいった。

「いいじゃねえか、そういうことにしといたら」

ローズの親爺も笑った。

「……でもなあ、あの子を抱き起したとき、俺は一瞬そんな気がしたよ。あの子の親父になったような気が……」

武蔵野も、ローズも、どっちの息子も娘も別に世帯を持って、めったに姿を見せない。

暗い水

夏場、そのあたりの海岸では、黒鯛がよく釣れる。

海水浴の客で賑わうせいもあるだろう。悪食の黒鯛が好みそうな雑多な食物が、海へ流れ込む。およそ人間の食べるものなら、たいていは黒鯛の食物になる。西瓜《すいか》、芋、南瓜《かぼちゃ》、烏貝、その他、そんなものをと思うようなものまで、黒鯛の食物の幅は、驚くほど広い。

その町の周辺の釣り好きたちは、みんな黒鯛を狙っている。それだけに的を絞っているのもいれば、ふだんは他の魚とかけ持ちで、とりわけ黒鯛の喰いが立っているという情報が入ると黒鯛狙いに専念するというタイプもいる。どっちにしても、このあたりでは、黒鯛が磯の釣りの主流であることは間違いない。

夏うち、昼間は海水浴の人々で、海岸はごった返していて、釣りにならない。

日が落ちて、長かった一日が終りかける頃からが釣り人の時間になる。その頃になると、釣り好きは、夜の暗さにまぎれて、黒鯛が餌をあさりに、岸に近づいて来る予感で、胸がいっぱいになる。そして、上の空で晩飯をすませて、竿を手に、自分の釣り場に駈けつける。

夕方、何軒かの釣具屋は、餌を買いに来る客で忙しくなる。

田北も、その客のなかの一人だった。

店の者が餌を包んでいる間、彼は、こまごまとした必需品、つまり鉤素《はりす》とか嚙みつぶし（錘《おもり》の一種）を選んでいたのだが、あとから入って来た客を見て、おや、と思った。

入って来たのは、中年の女だった。ごく地味な半袖のブラウスとスカートという服装で、見たところ五十近い年輩である。

釣具屋の客は、まず殆どが男で、女の客はごく珍しい。それも、若い男に連れられた女の子が、海岸に遊びに来たついでに、釣りでもしてみようかという調子で、ふらっと入って来ることならある。しかし、中年の女が一人でというのは、まず、ない。

田北が、ちょっと興味をそそられて、それとなく観察していると、女は、顔馴染みらしく店員と、こんな会話を交している。

「どうです、この頃」

「駄目ねえ。ぽつぽつね」

「昨夜、××の防波堤で、電気屋の高田がいい型のをあげたそうですよ。二キロちょっと欠けるくらい」

「あら、大きいわね」

田北も大きいなと思った。その防波堤であがる黒鯛は、せいぜい一キロ半どまりである。

「サナギかしら」

「そう、サナギ」

餌の話である。サナギを細かくして、まぜものをしてコマせておいて、サナギの餌で釣る。油が強く、匂いの強いサナギは、黒鯛を誘うのにかなり有効で、サナギ党の釣師は多い。

「サナギはねえ……」

どうやら、その女は、自分でも、かなり釣りをするようでもあり、そして、あまりサナギを餌に釣るのが好きではないらしい。

田北は、内心、へえ、と思った。中年女の釣師も珍しいし、黒鯛を狙う女というのも珍しい。もっと聞いていたかったが、彼の餌の包みが出来てきたので、選んだ鉤素と噛みつぶしの代金も足して払い、包みを抱えて店を出た。

たそがれかかった道を、ぶらぶらと、自分のうちに向って歩きながら、田北は、その女の顔を、どこかで見掛けたことがあるな、と、考えていた。見掛けたことがあるとしたら、どこでだろうか。

田北の家は、釣具屋の横から裏道へ入って、三分ほど歩いたところにある。

ただいま、と声を掛けておいて、田北は、家の横手に廻り、買って来た餌の包みを、台所の外の三和土《たたき》の隅に置いた。本当は玄関に置いておく方が、出るときに便利なのだけれど、細君が、匂うといって嫌うのである。それに、台所の側は、日中も陰になっていて、三和土が熱をもたない。傷みやすい餌を置くには、その方がいい。

翌日、田北は勤め先で、釣具屋で会った女のことをときどき思い出していた。別にいい女だから印象に残ったというのではない。その点では、ごくありふれた顔立ちだし、スタイルがいいというわけでもない。ただ、女の釣り好きというのに、なんとなく興味を持ったのと、どこかで会ったことがあるというところが気になったのである。ところが、いくら考えても、一向に思い出せなかった。

その年になってから幾つめかの台風が近づいていて、海にはかなりのうねりが押し寄せていた。

台風が過ぎて、いくらか凪いだ時は、黒鯛の狙いどきである。潮は濁っているし、黒鯛の持前の警戒心も薄らぐ。荒れている間、食いはぐれていた黒鯛は、餌を求めて磯近くへやって来る。

黒鯛は、釣人の間では、特別に目のいい魚だということになっている。だから太い鉤素は使えない。ただ、夜と潮が濁っている時は別である。切られる心配のない太い鉤素が使える。

「週明けぐらいがチャンスじゃないかねえ」

と、釣具屋の親爺はいった。

田北は、二三日に一度くらいは、その釣具屋をのぞいて、情報を仕入れていた。

「台風はこっちへ来るのかね」

「いや、結局、日本海へ抜けちゃうようだね。大したことはないでしょう」

それでも、かなり強い雨が降り、海は騒いだ。

日本海へ抜けた台風が、駆け足で北上し、はるか秋田の沖を進んでいる頃、田北は何日かぶりで磯に出かけて行った。

黒鯛には、誂《あつら》えむきの晩だった。

暗かったけれど、通い馴れた磯だから、迷うことはない。

防波堤の先まで行くと、先客がいた。

赤いキャップをかぶせて光りの量を抑えた電気浮子《うき》が、ぽつりと水面に浮いていた。

小柄な釣人の影が見える。

喰いますかと、声を掛けようとして、田北は、その釣師が男ではなくて、釣具屋で見掛けた女であることに気がついた。

田北は一瞬ためらったけれど、女が振り返ったので、やはり声を掛けないわけにはいかなかった。

「……どうですか」

「ぜんぜん」

「そうですか。いつ頃から……」

「今、竿を出したばかりなんです。潮が動き出してくれないと……」

丁度、退き潮になる前の潮止まりの時間だった。

「そうだった。今がいっぱいですか」

満潮の水面は、黒くふくれ上っているように見える。

田北は、ポケットを探って、煙草に火をつけた。いそいで竿を出すこともなかったし、先客がいる以上、並んで無遠慮に竿を出すわけにもいかない。

「この前、――屋でお見掛けしましたね」

田北は、店の名前をいった。

「……ええ、よく行きます」

「ぼくも、しょっちゅう覗くんですが、女の人は珍しいから……」

女は笑った。他意のない笑い顔だった。

「ほんとにね。目立っちゃって、気がひけます」

「随分、年期が入ってるようですね」

女は、首をかしげた。

「そう、十年になるでしょうか」

「ほう、そりゃ凄い」

女は、自分もポケットを探って、煙草を取り出した。田北が火をつけてやると、女は、有難うといいながら煙を吐いた。

「……いちばん初めに釣れたのが、黒鯛だったんですよ。それから病みつきみたいになっちゃって……」

女の口調には、幾分、自嘲めいた響きがあった。

「凄いじゃないですか。初めっからクロなんて……」

「偶然だったんでしょうね」

女はそういって、煙を吐いた。そして、しばらく、電気浮子の赤い光を見つめていたが、やがて、ぽつりと、

「……ほかに、することがなかったもんですから……」

といった。

そういわれても、田北には唐突で、どうも呑み込めない。独身ならとにかく、その女の年輩なら普通亭主や子供もいる筈で、暢気《のんき》に釣糸など垂れている暇など、とてもありそうには思えない。いったいどういう身の上なのかよく解らないが、田北は根掘り葉掘り聞くだけの勇気もなかったので、ごくあいまいに、

「そうですか」

とだけ答えた。

そして、吸いさしの煙草を水に投げ棄てると、それをしおに、その場を離れた。

その晩も、田北は一枚の黒鯛もあげられなかった。

「ああ、あの人ね」

釣具屋の親爺は、女の身もとに就て、いくらか知っていた。

「気の毒なんだよ。随分前のことだが、亭主に逃げられてさ」

彼は別に声を低めようともせずに、そういった。

「……若い女が出来て、駈け落ちしたんだっていう噂もあったけどね。とにかく嬶《かあ》ちゃんと娘を置き去りにしたまんま、姿をくらましたんだね」

「それで、そのまんまなの」

「そのまんまらしいね。仕方がないから、嬶ちゃんはせっせと働いて、なんとか暮しが立つようになったんだがね。その頃、釣りを覚えたんだよ。まあストレスの解消ってとこかね」

田北は、それで合点がいくような気がした。

女と話したときに感じたどこか自信なげな様子や、自嘲的な口ぶりも納得がいった。

それにしても、釣りで、不安や淋しさをまぎらしていたとすれば、気丈な女である。

田北は、首を振った。感心が半分、あとの半分は、曰《いわ》くいい難しといったところである。

「偉い女だよ。ふつうならとり乱して、なんか騒ぎを起すか、それとも次から次へ男を作って無軌道をやらかすか、たいていはそんなとこだよねえ……」

釣具屋の親爺は、しきりと彼女の肩を持ったが、田北は、考えてみてぞっとした。淋しさをまぎらす手段として、酒に溺れるとか、男狂いをするとか、そういうことなら、まだ話が解るような気がするが、釣りで憂さ晴らしが本当に出来るものなのかどうか大変疑わしく思った。そんなことで済むかどうかも疑問だったし、もしそれが本当だったら、なんだか可愛げのない女のように思えた。もともと性格的に、男に愛されないタイプの女なのではないかというふうにも思えた。

もっとも、釣具屋の親爺や田北が、どう考えたところで、真実はそれと遙かにかけ離れたところにありそうであった。田北は空しい気分になって、もうそれ以上あれこれ思い廻《めぐ》らすことはやめることにした。他人の過去を想像してみたところで、なんの益もない。まして問題は他人の夫婦の間のことである。とても外からの想像の及ぶ問題ではない。

そろそろ海水浴のシーズンも終りに近づいた或る日曜日のこと、田北は買物の帰りに、駅前の喫茶店に入った。

店のなかは、まだ夏らしい賑わいを見せていた。短いパンツを穿《は》いた若い男女や、大きな旅行用のバッグを足もとに置いた家族連れ、買物籠を持った主婦たち。

田北は、空席を探して見廻すうちに、珈琲を前に、ひとり坐っている女を見つけて、おや、と思った。例の釣り好きの女であった。

田北が近づいて、声を掛けると、女は、軽く、あ、と声を上げた。彼を憶えていたようだった。

「すみません、一緒にいいですか、どこも空いてないもんで」

「どうぞ」

女は頷いた。

「どうですか、ここのとこ」

「釣りですか……」

女は笑った。

「……行ってますけど、ぜんぜん」

「喰いませんか」

「今、いろいろ迷ってるんです。仕掛けを変えてみたり、場所を替えたり、いろいろしてみてるところですよ。そのせいかもしれませんねえ、小さいのを二枚あげただけ……」

女は指で、魚の大きさを示した。

「……今月になってから、それだけ」

「そうですか、ぼくの方も大差ないですよ」

田北の方も、ずっと目ぼしい釣果はない。

「……魚は、本当にいるんですかねえ」

「本当にそう考えたくなったわ」

女はくすくすと笑った。

「それにしても珍しいな」

「女の釣り好きでしょう。前に、することがなかったからといいましたっけ。本当なんですよ……」

女はそこで言葉を切った。

そして、しばらくの間、珈琲のカップのなかを眺めていた。カップの底になにか字でも書いてあって、それを読み取ろうとしているかのように見えた。

突然、女のなかに、話してしまいたい衝動が起ったのだろう。

「こんな話、聞いて下さるかしら」

そう前書きして、彼女は、話し始めた。

彼女の夫は、ごく普通の勤め人だったが、十年ほど前の或る日、勤めに出たきり、そのまま消息を絶ってしまった。彼女と、十歳になる娘を残したままだった。

理由は解らなかった。よそに女がいたのかもしれないという人もいたが、彼女にはそれらしい心当りはなかったし、夫は遊び人という性格ではないように思った。夫婦の口争いなどもあまりした覚えはない。

それから数週間が経ち、警察にも頼んだけれど、消息は絶えたきり、手がかりひとつないまま、時が過ぎて行った。

なにかの事故なのか、それとも夫の意思による失踪なのか、せめてそれくらいは知りたいと思ったが、その手がかりすらない。

「……とにかく私、なんとか耐えて行かなくちゃ、と思って……。それしか道はないんです。夫が私を裏切ったのか、それも解らないんですもの。帰るまで待つ以外に考えられなかったんです。……もし、長くなれば、そのうちに辛さも段々忘れられるかもしれないな、そんなふうにも思いました。

それでも、時間が経つうちに、段々生きて行く気力がなくなって来たんです。

夜になって、娘が寝てしまうと、急にがっくりと力が抜けてしまって、淋しくて仕方がないんです。そんなときは、そっと家を出て、岸壁の方へ行きました。その頃は、この半島の向う側の——港の近くに住んでいたんです。

岸壁にしゃがんで、水を見ていると、なんだか気が静まるんですよ。港だから、黒い、汚い水です。でも、それがたぷたぷ動いているのを見ていると、気が楽になりました。

でも、夜更けに、女がひとりで、そんなところにしゃがんでいたら、どうしたって怪しまれます。頭がおかしいのかと思われたこともあります。だから、私も考えて、物置きにあった釣竿を持って出掛けるようにしたんです。釣道具を一式持っていれば、いちおうは怪しまれずに済みますもんね。

ところが、いい加減な餌をつけて放り込んで置いた竿に、大きな当りが来ちゃったんです。

ぐいぐい引かれて、私は気も転倒してしまいました。釣りといえば、それまでほんの小魚を釣った経験しかないし、それも一度か二度です。黒鯛の強引なあの引きにびっくりしたのは当り前ですよね。糸はびんびんと鳴るし、海に引きずり込まれるんじゃないかと思いながら、必死に頑張りました。幸い太い糸だったので切られずに済みました。私、よっぽど大声で叫んだらしくて、近くで釣りをしていた人が駈けつけて、玉網で取り込んでくれたんですけど、あげた時には延べ竿が折れていました。

それは立派なクロでした。二キロちょっと欠けるくらいの。私は、しばらく、はあはあいいながら、岸壁の上に尻餅をついたままでした。ほんの足もとから、あんな黒鯛が釣れるなんて、まるで信じられませんでした。助けてくれた人もびっくりしていました。

初めての釣りで、竿を振り込んだ途端に、あんな大物がかかるなんて、運がいいというか、……その時の引きを思い出すたびに、私は身体がふるえそうな気分になるんです。それが忘れられなくて、すっかり釣り好きになってしまって……」

彼女はちょっと照れたように言葉を切って、カップを取り上げた。

田北はふと気がついて、カップを持つ彼女の手を盗み見た。

もしかしたら、結婚指環が、嵌められたままかな、と、気になったのだが、彼女の指には、指環はなかった。

一泊二食色気ぬき

小田と矢島が、漫然とフォームの人の往き来を眺めていると、宇佐が帰って来た。見ると、いろいろ買物を抱えている。

「おや、随分買い込んで来たね」

「うん、便所へ行ったついでに買って来た。ああ、暑い暑い」

宇佐は汗っかきである。ふうふういいながら、大きなハンカチを出して、赤ら顔を丁寧に拭いている。

「なにを買って来たの」

「うん、缶ビールと、つまみと、週刊誌と、弁当と……」

「めし食って来なかったの」

「いや、夜中に腹がすくだろうと思って」

小田も矢島もにやにやした。

「そりゃ行き届いたことで……」

新宿から出ている私鉄のフォームである。

これから特急に乗って、箱根へゴルフに行こうという計画である。

一泊のゴルフ・パックというセット旅行があって、それを申し込んだのは宇佐である。今回の世話一切は、宇佐がすることになっている。

「あと十分だぞ。田中さんはどうしたんだろ」

矢島が時計を見ながら言った。特急列車が検札を始めたらしく、人の列がぞろぞろと動いて行く。

「そういえば遅いね」

「もう来る筈なんだけどね……」

と、宇佐がいった。

「……電話を掛けたら、家を出てるって」

「それなら、もう少し待ってみるか」

「切符は持ってるの?」

「切符はここ」

宇佐が胸を叩いた。

十分が五分になり、三分になっても、田中の姿は現れない。

「しょうがないや。とにかく乗ろう」

とうとう発車のベルが鳴り始めたので、三人はあたふたと乗り込んだ。席につくと同時に、特急は動き出し、あっという間に、新宿駅は後になった。

「まあいいさ、あとから追っかけて来るだろう」

宇佐は袋をがさがさいわせて、缶ビールとつまみを取り出した。

「ま、ぬるくならないうちにいきましょう。さ、乾杯」

見飽きたような顔ばかりだけれど、やはり一緒に旅行に出るとなると、気分は新鮮である。

三人とも、それぞれに浮きうきとしている。

「明日はいただくからね……」

矢島が、網棚のゴルフ・バッグをちらと見ながら言った。新しいクリークを仕入れて、明日は試運転である。

「……新兵器の威力を見せてやる」

「俺は田中さんに借りがあるからね……」

と、小田がいった。

「……ここんとこ負け続け、取られ続けだから、明日は取り返す」

「ドライバーがちゃんと飛んでくれさえすりゃなあ……」

と、宇佐は歎いた。

「……曲りさえしなきゃ、メじゃないのに」

宇佐はここのところ調子が悪い。第一打でまず手傷を負う。スプーンでも同じで、仕方がないからアイアンで打って、それでもよくしくじってしまう。大柄だし、まともに当れば宇佐の打球はよく飛ぶ。まともに当らないのが宇佐の泣き所である。

小田も宇佐も田中も、矢島の店の定連である。小田は、サクラ薬局の主人、宇佐は寝具店、田中は洋品店、矢島はバア〔窓〕の経営者である。

箱根について、旅館に入ったのは、夕方だった。ついたら、まず温泉に入って、食事。それから夜は麻雀というのが、宇佐のプランである。翌朝は早起きして、ゴルフ場へ。一泊二食で色気はぬき、そういう予定だった。

「とにかく温泉に漬《つ》かろうや」

部屋にも浴室が設けてあったが、三人は連れ立って、大浴場に出かけて行った。大浴場は、硝子窓が大きく取ってあって、箱根の山々が見渡せる。もう黄葉が始まっていて、山の峯の方だけ夕陽で染まっている。

三人は湯のなかで、のびのびと身体を伸ばしながら、暮れて行く景色に見入っていた。

「極楽、極楽、このまま三四日居続けたいもんだ」

と、小田がいった。

みんな同感だった。

「そうしたいのは山々だけれども、そうも行かないんでなあ」

矢島がぼやいた。これもみんな同感である。

湯から上って、飲み始めても、まだ田中は現れなかった。

「もう一度電話してみようか」

世話役の宇佐が、気にして腰を浮かすと、小田がとめた。

「よしなよ。電話しなくたって、来るものは来るよ」

「しかし……」

宇佐が迷っていると、小田は重ねて宇佐を押し止めて、坐らせた。

「うっかり電話なんかしない方がいいさ。向うから掛けて来るのを待つ方がいい」

「そうかね」

「あのかみさんは、気に病むたちだからな。帰ってから痛くもない腹を探られちゃ、奴が可哀そうだ」

「それもそうだね」

「まあ、気長に待つさ。遅れた罰に、酒代でも持たせりゃいい」

それがいい、ということになって、三人は寛《くつろ》いで飲み出した。

ほどのいいところで切り上げて、めしにして、それも終ったのに、田中はまだ姿を見せなかった。電話もない。

「妙だね……」

と、小田もいい出した。

「新宿駅から電話した時は、出たっていったんだね」

「そう。かみさんがそういってた。ちょっと前に出たって」

宇佐が保証した。すっかり酒が廻って、真っ赤なてらてらした顔をしている。

「それなら、とっくについていていい筈だよなあ……」

と、矢島がいった。

「……それなのに、影も形もないってことは、なぜだい」

そう聞かれても、ほかの二人にも答えようがない。

「弱ったな……」

宇佐はぼやいた。

「……三人じゃ、麻雀も出来やしねえ」

これは、かなりの痛手であった。ゆっくりと麻雀で勝負を争って、負けた者は、その鬱憤を翌日のゴルフで晴らそうという段取りになっている。いわばゴルフの前哨戦で、恒例の行事になっている。三人麻雀という手もないではないが、それでは興味を殺《そ》がれることおびただしい。

帳場に頼んで、番頭にでも相手をして貰おうか、と、矢島がいい出した。それとも、麻雀の出来る芸者でも呼ぶか、どうするかね。矢島は、そう提案したけれど、小田も宇佐も、気乗り薄な返事しかなかった。

「やっぱり、やるんなら、いつもの顔触れがいいんじゃないの。知らない顔が入ったんじゃ興醒めだよ」

小田はそういったし、宇佐も同じようなことをいった。矢島も、段々と、そんな気になって来て、その話は、すっかり腰くだけになってしまった。

「しょうがねえな、もう一っ風呂浴びて来るわ……」

矢島は、そういって、手ぬぐいをぶら下げて立って行った。

小田と宇佐は、所在なげに、寝転がった。

大の字になっていると、酒で熱くなった肌に、ひやりとした畳の感触が快かった。

「虫が鳴いてるね」

「ああ」

「もう一人、声を掛けときゃよかった」

「うん」

「森島の奴ね。あいつ来たがってたんだ。あいつ、連れて来りゃよかった」

森島は、やっぱり飲み仲間で、スポーツ用品店の若旦那である。宇佐は、森島が一緒に来たがっていたのを知っていたが、誘わなかった。ゴルフの腕が、彼等よりずっと上なので、すこし煙ったいのと、若いのに生意気なところがあるからだ。

「よっぽど声を掛けようと思ったんだけどねえ……」

返事がないので、横を見ると、もう小田はすやすやと寝入っていた。

なんだ、もう寝ちゃったのか、と、宇佐はあきれた。

あきれて見ていると、小田は鼾《いびき》をかき始めた。宇佐は思い出した。以前にも同じ顔触れでゴルフをしに行ったことがあって、小田と同室になった矢島が、あとでこぼしたことがある。

「いや、なにしろ凄かった。耳をふさごうが何しようが、あの大鼾じゃ寝られたもんじゃないぜ」

その鼾である。大波のように、ぐんぐん盛り上ったと思うと、波頭が崩れて、どどんと打つ、そして、勢いよく退いたと見る間に、またぐいぐいと押し寄せる。そういった感じである。

宇佐が感心しているところへ、矢島が帰って来た。

「ああ、いい湯だった……」

といいながら入って来た矢島は、小田の寝姿と、大鼾を聞いて、笑い出した。

「……いけねえ、いけねえ。これをすっかり忘れてた」

「なるほど、聞きしに勝るもんだ」

「いや、これでも、まだいい方でね。まだまだうるさくなるんだ。どうしようか、この部屋に一人だけ寝かせることにしようか」

「そうするしか手はないだろうな」

二人は、襖をあけて、隣の部屋に用意してあった夜具のうちの一組を、引っ張って来た。そして、眠っている小田を、二人してその夜具になんとか押し込んだ。その作業の最中に、小田は辛うじて片目だけ開けると、彼等を見て、

「すまんね。諸君」

と呟いたが、すぐに目を閉じて、また鼾をかき始めた。

矢島も宇佐も、宵っ張りの方だから、まだまだ寝つけそうもなかった。

宇佐が、バッグのなかに忍ばせて来たウイスキーを出し、矢島は備えつけの冷蔵庫から氷を出して、お手のものの水割りを作った。

「それにしても、凄い鼾だな」

と、宇佐がいうと、矢島は、

「これでひと晩続くんだから凄い。立派な公害だよ」

と答えた。

「かみさんは平気なのかね」

「さあ、かみさんが不眠症になったという話も聞かないからなあ……もしかすると、自分の家に居る時は、全然鼾なんか、かかないんじゃないかね」

「まさか……」

「いや、あり得るぜ。かみさんにやかましくいわれると、うちではかかなくなって、その代り外へ出ると、安心して高鼾なんて……」

「そんなことがあるかね」

「……それとも、うちでは大将だけ隔離されて別室で寝てるのかもしれない」

まったくのところ、小田の発する怪音は、襖一重くらいでは、とても防ぎようがない。

「弱ったね。もう一杯ずつ飲むか」

二人は、一旦消した電灯をまた点けて、床の上に坐り直した。

「そういえば、どうした、近頃は……」

と、宇佐が聞いた。それだけで解る。

「それが、困ってるんだよなあ……」

と、矢島は溜息をついた。

「……まずいんだよなあ」

「どう、まずいんだい」

「純子のやつ、焦れて来てるんだよ。会えばその催促なんで、ここんとこ会わないことにしてるんだ」

純子というのは、以前矢島の店に居た女である。矢島がつい手を出してしまって、それ以来、純子は矢島の悩みの種になっている。

「催促って……、かみさんと別れろっていうのかい」

「うん」

「かみさんは、純子とのことは知ってたのか」

「うすうすだな。確証は握られてない筈だ」

「どうかね。それであんたはどうなの」

「それがねえ……」

「純子と、かみさんと、どっちがいいんだ」

「……どっちかに決められりゃ簡単でいいが、そこが問題なんだよなあ」

「そうかね」

「そりゃそうだぜ。どっちがいいかなんてことは、そう簡単に決められないぜ。どっちもいいからそうなっちゃったんで、較べてどっちかがいいんなら、とっくに決めてらあ」

矢島は、憮然とした顔でいった。

「正直いって、くたびれたよ。今はどうとでもしてくれって心境だよ」

そして、矢島は、しんそこから羨しそうに、こう呟いた。

「あんたはいいねえ。今は悩みなんかないだろ……」

「俺がかい」

宇佐は驚いたように、目をぱちぱちさせた。

「……とんでもない。俺だって疲れ果ててらあ……」

翌朝、矢島と宇佐は、寝不足で、目を真っ赤にしていた。小田だけが寝足りていて、よく喋った。三人とも、もう田中のことは諦めていて、電話を掛けようという話も出なかった。

その日のゴルフは果して散々だった。

彼等の組に、一人、そのコースのメンバーだという男が振り当てられて加わった。彼等よりだいぶ年輩の、初老の男だった。

最初のティー・ショットで、矢島はチョロをし、小田は林の中へ打ち込んで、しばらく出て来なかった。

同行の初老の男は、露骨に厭な顔をした。年は上でも、腕は、その男の方が格段に勝っているようだった。

「やっぱり寝不足がたたった」

と、矢島はがっくりした表情で呟いた。

「まあいいさ、なんとか取り返そう」

と、宇佐が小声でいったが、自信はなさそうだった。

初老の男は、飛びはしないが、確実なショットで、スコアをまとめて行った。

一方、彼等はといえば、三人のなかで、一番コンディションのいい筈の小田は、力みすぎて自滅の感があったし、宇佐はいつもよりもっと悪い癖が出た。打つボールが全部スライスして、フェアウェイを捉えることが出来ない。矢島も集中力を失って、ぼろぼろになっている。新兵器のクリークなど、とても持ち出すどころではなかった。

アウトを廻って、昼めしの為にクラブハウスへ戻って来るときに、その初老の男が、キャディに向って耳打ちするのが聞えた。

「……あの連中に、もっと練習してからコースに出るようにいってやんなさい。この頃はああいう連中ばかりだ。なっとらん」

三人は、顔を見合せた。ふだんは、もっとずっといいスコアで廻ってるんだといい返したかったのだが、そうもいえなかった。とにかく惨澹《さんたん》たる成績に間違いはない。

午後からは、その初老の男はいなくなって、代りに、彼等と同年輩の男が加わった。この男は気軽で、腕も彼等といいとこだった。それで彼等も気楽になり、スコアも、午前中よりはまとまった。

帰りの特急のなかで、彼等は眠りこけた。

新宿駅へつくと、ものもいわずに別れわかれになった。口をきくのさえ大儀だったのである。

その翌晩、矢島の店に、小田と宇佐が顔を出すと、田中が坐っていて、

「やあ、悪いわるい」

と、恐縮して見せた。

小田と宇佐が、ひとこと文句をいおうとすると、矢島が、げらげら笑いながら、やめときなさい、といった。

「……よしなさい、この人は、今、落ち込みのどん底なんだから」

「なぜ?」

小田と宇佐が、口をとがらすと、田中は、

「申し訳ない、申し訳ない」

と、いとも神妙に頭を下げ、

「……いやあ、参ったよ。悪いことは出来ないもんだね」

と、頭をかいた。

実は、彼は馴染みの某女と突然約束が出来て、矢島たちと行を共にするか、浮気に走るか、散々迷ったあげく、とうとう女と一緒に、熱海へ行ったのだそうである。

「なんだ、目と鼻のところに居たのか」

「そうなの」

「ひどいなあ。電話一本ぐらい寄越しゃいいのに……、自分ひとりいい夢を見やがって……」

「……ところが、女房ってのは恐ろしいねえ。よくよく気をつけたつもりなんだけど、俺のバッグに長い髪の毛が入ってやがって……」

田中洋品店の主人は、苦笑しながら、禿《は》げ頭を撫《な》でた。

「高い旅行についたよ。散々油を絞られて、その上、ダイヤの指環を買わされることになって……。こんなことなら、みんなと一緒に行ってりゃよかった……」

積木あそび

佐々は昼食を済ませてから、珈琲を一杯飲みたいと思った。

会社の近所の珈琲屋というと、グリーンか渚である。ほかにもあるが、佐々はその二軒のどっちかに決めている。

グリーンを覗くと、混んでいた。そこで五六軒先の渚に入った。こっちも混んでいる。

佐々が席を探して店のなかを見廻すと、声を掛ける男がいた。梶原だった。彼は隣の総務の部屋にいる若者だ。

「あれ、今日はこっちですか」

「うん、向うは満杯」

これで通じる。佐々はどちらかといえばグリーン党だし、梶原はたいてい渚にいる。珈琲の味は大差がない。

佐々は、梶原の向いに坐った。

「どうだい」

「ええ」

梶原は、変りようもありませんという顔をしている。顔立ちは父親とちっとも似ていない。

梶原の父は、会社の佐々の先輩だったが、かなり以前、定年で退職した。会社に残る手だてもないではなかったらしいが、退職は当人の意思のようだった。その数年前につれあいをなくして、その時は、佐々も弔問に行った憶えがある。世田谷の奥の方にある家で、その時は、若い梶原の方も改まった表情でかしこまっていた。

「親父さんは、……お元気かね」

「ええ、まあ」

梶原は、そう答えたが、どこか曖昧な調子があった。

「なんだい。どこか悪いの」

「ま、別に悪いってほどじゃないんです。少し血圧が高くて、少し糖尿の気があって、……まあ普通の老人なんですが……」

梶原はちょっと眉根に皺を寄せた。そうすると、いくらか父親と似通ってくる。

「なんていうのかなあ。精神状態があまり良くないようなんです」

「ふうん」

佐々は首をひねった。

「……なにかね。老人性の鬱とか、そんなたぐいのものなのかね」

「どうなんでしょうか。よく解らないんです。話してても、なんだか上の空みたいな具合で、ろくに返事もしないんです」

「へえ」

「あんまり話をしないっていうところが、なんだか薄気味が悪くて……、やっぱり鬱病の気があるんでしょうか」

「さあ、僕にも解らんが……」

佐々は、話題を変えた。

「……お宅は、世田谷だったね。……多摩川の近くの……」

「ああ、僕は今あそこにいないんです」

「そうか、すると……」

「あそこの家は、今、父だけです」

「お一人で」

「手伝いの婆さんが一人いますから、二人です」

「そう、それなら不自由はないわけだ」

佐々は、その家のことを思い浮べた。

「……いいお宅だね、あそこは……、日当りがよくて、庭も広いし、いい庭木が入ってたな。

老後を過すにはもってこいの家じゃないか」

佐々はそういった。以前訪ねたときに、ふと羨しいと思ったそれが残っている。

「その庭木が、今はないんです」

梶原が妙なことを口走った。

「なぜ」

「さあ、なぜだか解らないんですが、みんな切っちゃったんです」

「誰が」

「父です」

「ふうん」

なにがなんだか、よく訳が解らない。

「切ってどうしたんだ」

「庭中掘り返しちゃったんです」

「どうなったんだ」

「ほら、子供がよく砂場で、いろいろ作るでしょう」

「作るって、なにを」

「山や、川を作って、水を流したりするじゃありませんか」

「ああ、そういうことか。……それを親父さんがやってるのか」

「そうなんです」

「いい趣味じゃないか。築山を拵《こしら》えたり、枯山水にしたり、上等な趣味だ」

佐々が頷くと、梶原は不満そうな顔で否定した。

「そんな風流なんじゃないんです。もっとゲテなんです」

「ほう」

どうやら、佐々の想像はかなりはずれているらしい。

梶原の説明によると、老人は庭いじりといっても、かなり奇妙なことをしているらしい。

「つまりあの、タイガーバウム・ガーデンというか、なんというか」

佐々は、香港にあるその庭園を知っている。

万病に効くという塗り薬で一山も二山も当てた大富豪が、金に飽かせて作った庭園で、それを見たときは、佐々もその金ぴかのごてごて趣味に一驚した。香港旅行をした人なら、一度は見せられる名所なのである。

「庭にあんなものを作っちゃったのか」

「いや、あれとはちょっと違うんですけれど、まあ五十歩百歩というところなんです」

佐々はびっくりした。あの地味な梶原老人と、タイガーバウム・ガーデンは、どうしても頭のなかで結びつかない。

佐々の頭にある梶原は、実直で、無趣味の男である。その彼が、なにを思って、そんなことに没頭し出したのか、それは佐々の考えに余ることである。

「……そうかね。親父さんはどっちかというと、無趣味の人だったと思うが」

「僕もそう思ってました」

「何度か聞いてるよ、俺は無趣味人間だからなあって、そういってた」

「それにしても、気味が悪くていやだなあ。なにかほかにすることはないのかなあ」

「いいじゃないか、女狂いなんかされるより、よっぽどたちがいい」

「そうですねえ。どっちもどっちだけど」

梶原は意気消沈した様子だった。

それから数日して、事業部長の杉田と話しているときに、また梶原の話が出た。

「そういえば、梶原さんのところへ此の間寄ってみたよ」

杉田はまめな男である。梶原は、杉田の先輩でもあった。

「……どんな風だった」

「別に……、元気だよ」

杉田はけろりとしている。そこで佐々は、梶原の息子から聞いた話を、杉田にしてみた。

すると、杉田はあっさり、

「そりゃ、息子の方が解らねえんだ」

といった。

「俺も庭を見せて貰ったよ」

「ふうん、それで……」

佐々が乗り出すと、杉田はこういった。

「悪くないよ。実をいうと、俺も引退したらあんなことをしてみたいと思ったよ」

「タイガーバウム・ガーデンをか」

「馬鹿いえ。あれとは全然違うよ」

杉田の説明を聞いたところでは、佐々が、なんとなく厭な予感を持ったのも、どうやら杞憂《きゆう》だったらしい。

「ちょっと面白いんだよねえ。ありきたりの庭と違って、庭ぜんたいがいわば大きな盆景になってるわけだ」

「ほう」

「かなりの御趣味だよ。庭いっぱいに、なんていったけね、中国の、桃源境か、その風景が作ってあるんだよ」

「へえ」

「桃源境だったか、杏花村《きようかそん》だったか、そんなふうな、のどかな村の風景でね。小さな家があったり、流れがあってその上に粗末な橋がかかってて、遠見には、山がそびえてて、……要するに山水画なんだね」

「ふうん……」

「梶原さんは、はじめ、楽しみに盆景をやろうと思ったんだって……。しかし、どうも家の中でちんまりしたのを作ってても面白くないし、いっそ庭ぜんたいをそうして見ようと思いついたんだそうだ。それで、やり始めたら、これが面白い」

「なるほど」

「見飽きたらまた別のものに作り変えりゃいいし、けっこう重労働になって、身体にもいいぞ、って笑ってたよ」

「ふうん、俺も見たくなったな」

「行って来いよ、喜ぶぜ」

杉田の説明を聞いて、佐々はやや納得がいった。

梶原の家は、多摩川近辺の地主だそうである。引退しても、生計のことは考えないで済むらしい。羨しい身分だが、彼が杉田に洩らしたところでは、やはり時間をもてあますのだそうである。無趣味で過してくると、こんな時に困るんだなあ……と、佐々にいったのと同じことをこぼしたそうである。スポーツは好きでないし、手近なのは畑仕事なのだが、それもあまり気が向かない。身寄りに盆景を教えている男がいて、それについて習い始めたところで、或る日、庭を眺めていたら、ふと思いついたのだそうである。この庭ぜんたいを大きな盆景のようにして、その景色の中に包まれて住んでいたら、さぞいいだろう。……それが、そもそものきっかけで、考えてみりゃよっぽど退屈してたんだね……。そういう俺を見て、息子のやつ、とうとう親父はここに来たと思ったらしくてね。手伝いの婆さんも、胡散臭い目つきで俺を見るし、参ったよ。子供にかえっちゃって、泥んこ遊びを始めたボケ老人みたいに思ったんだろうな。しかし、こんなことは、どう説明したって納得のいくことじゃないだろうしな。もともと退屈しのぎに始めたことなんだし……。梶原は、そういって苦笑したそうである。

老人になるに当って、誰もがひどく戸惑うものである。なぜなら、誰でも老人になるのは初めての経験だからである……。

佐々は、こんなことを何かの本で読んだ記憶がある。その時、ごく当り前のことだと思って読み流してしまったのは、佐々がまだその年代にはるか間があったからだろう。

佐々は、その晩、床に入っても、なかなか寝つけなかった。そして、目を閉じたまま、梶原の家の庭のことを考えていた。庭ぜんたいを盆景にして、そこに桃源境を作る。それはひどく面白いことのように思われた。しかし、桃源境とか杏花村といわれても、佐々にはその光景がどうも彷彿としてこない。焦れているうちに、佐々は眠りに落ちた。

次の日曜に、妹のとみ子が来た。とみ子は望月姓である。妹といっても、もう五十に手が届く。

とみ子は、佐々の細君の京子に用事があって来たらしい。大方また縁談かなにかの仲介に違いないと佐々は見当をつけている。

二人が話している部屋へ、なにげなく佐々が入って行くと、

「だから爺さんっていやね」

と、京子がいうのが、耳に入った。

「……なんだい」

「……ええ」

細君は、いい淀んでいる。

「いえね、望月の親戚の話……」

とみ子が答えた。

「どうしたんだい」

「厭らしいのよ」

とみ子は顔をしかめた。

「俺の知ってる人かい」

「知ってるわよ、二番めの叔父さん」

「太ってる方かい」

「背の高い方よ」

そういえば、かすかに記憶がある。

「眼鏡掛けた人だろう。あの叔父さんがどうしたんだ」

「七十過ぎて、今はぶらぶらしてるんだけど、絵ばっかり描いてるのよ」

「いいじゃないか、世話が焼けなくて」

「あらいやだ、それが、ねーえ……」

とみ子と京子は顔を見合せて笑っている。

「どうしたんだ」

「その描く絵が、みんなアレなのよ」

「アレって」

佐々は、とっさに思いつかなかった。

「アレよ、男と女のよ」

「ほう」

佐々も、今度は気がついた。

「……見てみたいな」

「厭らしい」

京子がいった。

「それがすごく精密で、極彩色なの。筆で丹念に描くの」

「描いてどうするんだ」

「欲しがる人にあげるんでしょ。その叔父さん、新しく描いたのを、しょっちゅう私に見せるの。いいだろうって」

「いやあねえ」

「それでね、縁談がまとまったら、そのお嬢さんの家にあげろっていうの。きっと喜ばれるって」

「昔はそういう習慣もあったらしいな。嫁入りする前に、お母さんが、そっと持たせるんだそうだ」

「昔はそうだったかもしれないけれど、今どきそんなこと、ねえ」

「変態なのかしらん」

「そんなこともないだろ」

「……でも、厭らしいわねえ。鬼気迫るって感じじゃない。老人が背中丸めて、ひとりこつこつとああいう絵を描いてるなんて」

「私、はずかしくって、そんなもの他人さまのお宅へ持って行けやしないわ」

「そんなら俺に寄越せよ」

「駄目、そんなもの、家に置いとけないわ」

京子は、その類のものを忌み嫌うたちである。いい年をして、と、佐々はときどき淋しい思いをすることがある。

佐々は、その老人に対して、梶原に対するのと同じ印象を持った。どちらも愛すべき人物であると思った。薄気味悪がられたり、変態だと陰口をきかれて当然の人物ではない。二人とも、退屈な長い時間を、なんとか自分なりに消化しようとしている無害な人々ではないか。

（世間というものは恐ろしいな……）

と、佐々は胸のなかで呟いた。

（庭をちょっと作り変えれば、どこかおかしいと思われるし、他愛のない絵を描けば変態扱いか……）

胸のなかを凩《こがらし》が吹くような思いだった。

（……そういう自分たちの、どこが正常だと思ってやがるんだろう……）

秋になって、佐々の同輩の井崎が離婚した。

理由を聞くと、井崎は苦笑して、

「やはり、性格の不一致というんだろうなあ」

といった。

夏の間に、夫婦で旅行をしたのがいけなかったのだと井崎はいう。

「我慢が、なくなって来たのかねえ。とにかく二十五年の上だから」

旅行は散々だったそうである。つまらないことで一々両方が腹を立てて、そのうちに馬鹿らしくてやりきれなくなった。

別れ話となると、それこそ身も蓋もないような話し合いだったそうである。

「なんだかだいうけれど、結局自分のことしか考えない。ああいう奴だったのかなと驚いたよ」

井崎は、ほとほと参ったらしい。

「これからグレてやるかな。非行中年になってやろうかな」

そんなことをいう。

「非行老年だろ」

「積木くずしだ。初老の……」

「初老というところに凄みがあるな」

佐々がそういうと、井崎は青年のような顔をして、

「ああ、恋愛がしたいな、淡くて、綺麗な恋愛を……」

といった。

そんなふうで、佐々の身辺は、この頃どうも落ちつかない。

細君の京子は、そろそろ定年後の計画を考えているらしい。

「定年を過ぎても、なんとかもう五年、子会社かどこかで頑張って貰って……」

そんなことをいっている。

「さあ、そううまく行くかどうかわからんぜ」

「でも、なんとかして貰わなくちゃ。会社だってそれ位すべきよ」

佐々は苦笑するしかない。明日にも辞めたいと思っているなどと口に出したら、細君は引っくり返るに違いない。

佐々は、比較的早く帰った日には、書斎にこもる。

書斎の大きな戸棚の引戸を開けると、なかにはずらりと百隻あまりの模型の軍艦が並んでいる。それ等はみんな佐々の手製の模型である。もし見せられたら、誰だってしばらくは息もつけない位の壮観である。

佐々は、古びた海軍の作業帽を取出し、それを正しく目深にかぶると、自分の聯合艦隊を、満足気に見廻し、軍艦マーチを口ずさみながら、現在製作中の巡洋艦〔最上〕の二番砲塔の丹念な作業にかかる。佐々の計画では、〔最上〕は来年の春竣工の予定だが、もちろん、そんなことは、佐々以外に誰も知らない。

大きな鳥の巣

ハワイ発の便は、結局、定時より大幅に遅れて着くことになりそうだった。

羽田空港の到着ロビーには、到着予定時刻を表示した大きなボードがあるが、迎えの人々が見上げる前で、時刻を示す数字は、くるくると何度か変った。

はじめは、三十分ほどの遅れで済みそうだったのが、やがて一時間を超えた。

もと子は、早々と空港に来ていた。その分では随分待たされそうだった。

彼女は、ボードの時刻の数字と、自分の腕時計を見較べようとして、溜息をついた。女持ちの腕時計は、文字盤が小さ過ぎて、今の彼女の目では、なかなか読み取れない。

老眼鏡を出すのが億劫で、彼女は、大時計を目で探した。

（もう少し見易い腕時計を買わなくちゃ）

そう思っていると、声を掛けられた。

夫だった。

「あら」

「なにをきょろきょろしてるんだ」

「ええ、時計がどこかにないかと思って」

「そこにあるよ」

大時計が目の前にあった。なんで目に入らなかったのだろう。

「あら嫌だ。こんなとこにあったの」

もと子は、夫に向っていった。

「だいぶ遅れるようよ」

「そうか」

「……ええと、あら、一時間以上だわ」

「へえ」

「あなた、今日はいらっしゃらないっておっしゃってたのに」

夫の政雄は、迎えに来ないと宣言した筈である。

もと子が、やんわりとそれを詰《なじ》ると、夫は、そっけなく、

「……時間があいたから」

と、答えた。

無理をして時間を作ったに違いなかった。

ふつうなら、仕事をさし置いて、家族を迎えに来たりする男ではない。

それを考えると、あまり皮肉もいえない。

「仕方がない、なにか食おうか。君はもう済ませたのか」

「いいえ、まだ。丁度、中途半端な時間だったから……」

「それじゃ丁度いい。すこし早めだけれど。俺は今日昼ぬきになってしまったもんでね」

二人は、空港の建物を出ると、すぐ目の前にあるホテルに向って歩いた。

地上はもう暮れかかっていたが、空には、まだ陽の色が残っている。すこし前に飛び立って行った機だろう。はるか上空で、旋回する大型機が、西日をいっぱいに受けて光った。

そのホテルの最上階に、眺めのいいレストランがある。

その階のほとんどを、レストランとバーが占めていて、酒や食事をとりながら、眺望を楽しめるようになっている。夜景を、きわ立たせる為の配慮で、室内の照明をぐっと落してある。

「あら、いいところね」

もと子は、目をみはった。

「一度だけ来たことがあるんだがね。羽田の夜景を見るんならここだそうだ」

夫のいう通り、ゆったりと大きく取った窓いっぱいに、暮れかかる空港が広がっていた。

ホテルに入った時は、どちらかといえば、ひっそりとした感じを受けたのに、そこだけはテーブルも大方ふさがって、空気が華やいでいる。外国人の客の姿も少なくない。

案内されたテーブルで、二人は向い合わずに、鉤《かぎ》の手に坐った。その方が、二人とも、外の眺めを満喫出来るという訳だ。窓際のテーブルはすっかりふさがっていて、もと子はそれがちょっと残念だった。

そういうふうに、二人で一緒にいても、さし当って話題はなかった。実は目の前に大きな問題があったのだが、二人とも、そのことには触れたくなかった。どっちみち話し合わなければならない、と、お互いに思いながら、一寸伸ばしに、先へ伸ばしていた。

「この頭の上は、あんまり飛ばないのね」

「ああ」

夫は、指で、空港の建物の向うを差した。

「着陸する飛行機は、飛行場の、いちばん遠くの端から入って来る」

今度は、その指で、横に一線を描きながら、

「出発する飛行機は、こういうふうに、上って行く。どっちも、なるべく陸上を避ける。だから、こっちは通らない」

夫は、ひと口、ワインを飲むと、こういった。

「小学校のとき、遠足でここに来たことがある。……その話はしたっけね」

「まだ聞かなかったわ」

「そうか。……羽田の飛行場を見学して、穴守《あなもり》で汐干狩りというコースだった」

「このへんで汐干狩りをしたの」

「そうさ、いくらでも獲れたんだ。飛行場はまだ殆ど原っぱに毛の生えた位のもので、……そう、ガラス張りの円いロビーがあってね。まるで温室みたいな可愛いロビーだった。その前にみんなで並んで、写真を撮った覚えがある。まだ探せばどこかにしまってあるかもしれない」

「そんな写真、一度も見たことないわ。小学生の頃なの」

「そうさ。もう何十年も見てないけれど、納戸《なんど》のどこかに入ってる筈だ。今度探してみよう」

「戦災で焼いてしまったんじゃなかったの」

「いや、疎開した荷物に入ってたと思う。戦後一度だけ見たことがある」

「お祖母ちゃんの方へ行ってるんじゃないかしら。私たちが結婚した時に、荷物を預って貰ってるのよ」

「いや、多分、納戸だと思う。奥に入ってる茶箱かなにかの中だ。きっと、あすこだろう。汐干狩りの写真も一緒にあるだろう」

夫は、次第に暗くなって行く景色に目をやりながら、

「まるで嘘のようだよ、その頃の景色は、かけらも残っていない」

という。

食後の珈琲を飲んでいるときに、もと子はなるべくさりげなく切り出した。念を押しておき

たかったのである。

「ねえ、あなた、約束して」

「なにを」

「怒らないで頂戴」

説明をする必要はなかった。夫は頷いた。

「解ってるよ」

「お願いね。私、心配だったの」

夫は、また頷いた。

「解ってる。……そうでなきゃ、来やしない」

「よかった。あなた、ひどく怒ってらしたもの」

「もう怒っていないさ」

「お願いだわ。あの子だって、随分考えた末に電話を掛けて来たんだと思うの。……それを考えると……」

どこへ行くのか、一機、高度を取りながらゆっくりと機体を傾け、暗い空の高みへと上って行く。

「大きな鳥だ。鳥とおんなじだな」

夫は、そう呟いて、ずっと、その姿が視界から切れてしまうまで、追っていた。

あの子、と、もと子がいったのは、美枝子のことである。美枝子は、ふたりの間の、唯一の子供だった。

その美枝子が、こっちの大学を出てから、つてがあって、アメリカへ渡った。出かけるまでには色々と曲折があったが、英語の力をつけるというのと、美術の勉強をするという名目で、二年間留学する手筈がととのった。

向うでの生活も、どうやら元気に、無事に終って、帰って来ることになって、夫婦はやっと内心胸を撫で下ろした。

正直なところ、心配でたまらなかったのである。なんといっても一人娘だったし、それまで荒い風にも当っていない。

「いわば無菌豚のようなもんだからな」

夫の方は、最初、その留学話が持ち上ったときに、そういって渋った。

「無菌豚はひどいわ」

もと子がたしなめると、夫は、もと子にも当った。

「お前だって無菌豚だ。苦労を知らなすぎる」

そうかといって、夫の方が、娘の留学に大反対したという訳でもない。最後まで渋ったのはむしろ母親のもと子の方である。そのへんが筋が通らないのだが、夫婦とも、実は判断がつかなかったのである。結局、美枝子の意思がはっきりしているだけに、それが勝を占めたという形であった。

帰国の日がせまって、夫婦してその日を心待ちにしていると、美枝子から珍しく電話がかかった。

予定通り帰国するという前おきがあってから、ちょっと息を呑む気配があり、電話の向うの美枝子の声が改まった。

もと子は、急に胸騒ぎを感じた。親の本能かもしれない。美枝子の言葉の先へ先へと想像が走った。そして、それは殆ど寸分の狂いもなく的中した。

結婚します、といったのか、結婚したい、といったのか、もと子は、娘の言葉をはっきりと覚えていない。やはり度を失っていたのだともと子は思う。

その人と一緒に帰ります、と、美枝子はいった。

もと子は、目の前が暗くなった。娘が急に違う世界の人間になったような気がした。当然起る筈のこととして、想像していたものが、こんな形で突然始まったのが意外でもあり、理不尽なことにも思えた。母親の自分が、そのことに全く関わっていない。そんなことがあっていいものだろうか。もと子はどう答えていいものか、いう言葉を失ったままだった。

電話を受けたとき、夫はまだ帰宅していなかった。

夫が帰って来たとき、もと子は、まだ気持の整理が出来ていなかった。

つとめて冷静に振舞っているつもりでも、所詮は時間の問題だった。夫に見とがめられて、問いただされると、もと子はしどろもどろになった。順序立てて説明しようとする前に、どっと言葉があふれて来て、もと子は取り乱してしまった。

彼女が取り乱してしまったのが、かえってよかったのかもしれない。

夫の政雄は、じっと辛抱強く聞いていて、聞き終ると、顔をそむけていった。

「いずれは、そんなこともあるだろうと思っていたよ」

誰にいいきかせるというふうにでもなく、そういうと、

「いいじゃないか。どっちにしても、これはお目出たいことだろう」

すこし青ざめたような顔で、いい切った。そして、話を打ち切るように、

「風呂へ入りたいな。腹もへってるんだ」

と、もと子を立たせた。


「娘の結婚って、どこの家でも、こんな形で始まるのかしら」

窓の外は、すっかり暗くなっていた。

「どうかな」

夫はワインが廻ったらしく、すこし赤い顔をしていた。あかりが暗い上に、キャンドルだから、なお赤く見える。

「私、もっと別の形を想像していたの。何度かお見合いをして、色々な人の写真を見て、そんなふうに段々とことが運んで行くように思ってたわ」

「そういう形もあるだろうし、今度のように突然降りかかってくることもあるさ。決った形なんてないんだろう」

「きっと、ほかの形を想像したくなかったんだと思うわ」

「母親だからな。それが親の情だよ。そこまで子供に斟酌《しんしゃく》して貰うわけにも行くまい」

「それもそうでしょうけど……」

でも、淋しい、と、もと子はいいたかった。

しかし、それはいいかねた。夫だって内心は同じだろうと思う。

また一機、滑走路から、大きな鳥が舞い上って行く。


「来たわ」

到着ゲートから、通関手続きを済ませた客が、カートに荷物を満載して出て来た。最初は若い二人連れだったが、美枝子とは違った。まっ黒に日灼けしている。迎えの誰かが走り寄って行く。

美枝子たちは、大分手間取った。もと子はじりじりしていた。

見つけたのは、むしろ美枝子の方だった。それもその筈で、出掛けて行った時とは、服装も様子も変っている。

「あれ、そうかしらん」

手を振られて、まだもと子は半信半疑であった。

美枝子は、すっかり髪を長くして、それにハワイで灼いたらしく、見事に黒くなっている。

その黒いのが、一散に走って来る。走って来て、もと子に飛びついた。

もと子は、思わず涙がにじんで来るのをこらえて、娘を抱き締めた。

香水と一緒に、日なたくさい匂いがする。

もと子から離れると、娘は、今度は父に飛びついた。

「おう、おう」

馴れないことで、父の方もたじたじとなった。

「元気でよかったな」

こんなに背が高かったかな、と、父親は、あらぬことを考えていた。

「あの、ご紹介します」

と、美枝子がいった。ちょっと改まっていた。

身構えた感じがあった。

カートを押して来た男が、美枝子の背後にいた。

ずんぐりとして、どこかのんびりした表情の青年である。

「父と母です。こちらは林田さん」
林田と呼ばれたその青年は、目をぱちぱちさせて、夫婦と向い合った。
「林田といいます。どうぞよろしく」
別に照れるでもなく、頭を下げる。
もと子は、予感を信じるたちだった。
林田を見たときに、もと子は意外な思いがした。
想像していたのとは、まるで違うタイプだったからである。
まるで想像の外の人間という感があった。
そして、なんとなく安心した。悪い予感はしなかった。
林田の家は、湘南だという。
東京とは逆の方向になる。
それでは川崎まで送ろうということになって、もと子は、駐車場へ車を取りに行った。
運転して戻って来ると、三人が待っているのが見えた。
夫を中心にして、林田と美枝子が両側に立って、なにか喋っている。
美枝子の方が、林田より、いくらか背が高い。
それでも、その気で眺めれば、それ程悪い取り合せではないような気もする。
後ろのシートに、政雄と林田を乗せ、美枝子は前に乗った。

林田は、三年間アメリカにいたそうである。

話の合い間に、窓から目を走らせて、街の様子を熱心に眺めている。

「どう、日本は変った」

と、夫が面白半分に訊ねている。

「はあ」

林田は首をひねって、

「まだ帰って来たという感じがしないんです」

と、答えている。

川崎の駅前で車を駐《と》め、トランクを開けると、美枝子が手伝いに降りて行った。

二人で、林田の荷物を下ろしている。

「どうだ」

と、後ろのシートの夫が、もと子にいう。

「ええ、よさそうな人だけど」

「今だからいうけれど、俺はアメリカ人じゃないかと思って、ひやひやしてた」

「あら、私、いわなかったかしら」

「いわないさ。しかし、なんだね、面白いもんだね」

「なにがですか」

「美枝子の好みは、ああいう好みなのかね」

夫の声は明るかった。

「そう悪くいったら可哀そうよ」

「悪くいってるんじゃないさ」

「……だけど、もし、あの二人が結婚するとなったら……」

もと子は、それが癖で、ミラーで髪の具合を直しながら、

「やっぱり淋しくなるわね」

といった。

その淋しさに馴れて、それを感じなくなるまでに、どれ位かかるだろう。

「そうだな、これから先は、淋しくなるばかりさ」

そして、夫婦は、シートに身を沈め、それぞれの屈託を抱きながら、窓の外の夜景を眺めていた。

ぬけがら

伊波が、そのコートを着て現れたとき、一番最初に気付いたのは、水木である。

「おやおや、これはこれは……」

水木は感心したように、しばらく伊波を眺めていた。

飲み仲間の佐々木も今井も、その場に居合せたのだが、気が付いたのは、水木だけである。

「いいコートだな。……こりゃ凄い」

伊波は見詰められて、照れ笑いをした。

「そうかね」

「いい趣味だ。あんたが、こんな趣味の持主とは思わなかった」

伊波は、ぼそっと、

「親父のお古だ」

と答えて、コートを脱ぎにかかった。ホステスのサチ子が受けとって、

「あら、いい手触り、……カシミヤだわ」

と、頬に当てて感触をたしかめた。

「……そうか、親父さんのか。道理でいいと思った。仕立ても飛び切りだもんな」

水木は贅沢品に目が利く。羨しそうに、サチ子の手でコート掛けに吊るされたそれを見ていた。

「……ものはいいかもしれないが、ちょっとでかくて……」

伊波はスツールに尻を下ろしながら文句をいった。

「……おれ、ホット・ウイスキー、……なんだか寒いや」

四人とも蘭《らん》の定連である。蘭はおそらく銀座界隈で一番安い部類の酒場である。だから、四人とも大学時代から通って来ている。

「伊波さんのお父さまって、外交官だったんでしょ」

と、サチ子が聞いた。

「そうよ、元どこかの大使。偉いのよ」

と、ママの蘭子がいった。

「スペインだったよな」

佐々木が補足した。

「そう、最後はスペイン」

今井が同調した。

「スマートな人だったよなあ」

と、水木がいった。三人とも伊波の父のことは知っている。

その、伊波の父は、夏の終りに亡くなっていた。新聞に小さく顔写真と、死亡記事が出た。

退官後も、外交評論などをして、時々テレビの画面にも登場したから、かなり知られていた。

父親の方は、鳴らした外交官らしくお洒落な紳士だが、息子の方は一向に見栄えのしない普通の勤め人である。

「お父さまはダンディーなのに、伊波ちゃんはどうしてそうなの」

と、ママの蘭子にいわれて、伊波は、

「おれ、お袋に似たのかなあ」

と、答えた。

「お袋さんだって美人だぜ」

と、今井が反論した。

「……そうすると、どこか他所《よそ》に出来た子かなあ、おれ」

伊波は屈託がない。沢山兄弟がいて、彼はその末である。みんなから可愛がられて育ったのがよく解る。

伊波のそのコートは、かたみ分けの一部だそうである。

「丁度、新しいのを買おうと思ってたとこなんで、貰っちゃった。でも、ちょっとでかいんだよなあ……」

伊波も大柄だけれど、亡父の壮一郎は、もっと背が高かった。その分だけ、袖《そで》も丈《たけ》も長い、と、伊波は手ぶりで説明した。

「……もう、いくら頑張ったって、背も伸びねえしなあ」

伊波は三十代の半ばで、まだ独身である。

ほかの三人もほぼ同い年だが、既婚で、独身は伊波だけである。

「しょうがねえ奴だ。売れ残りゃがって」

ひと頃は、みんなでそういっていたが、今では、立場は逆転している。

「お前だけよ、ホープは……」

そういって羨むようになっている。

「若気の過ちだった」

「畜生、伊波はよりどり見どりか。それにひきかえオレたちは……」

「秋に、二番目が生れるんだよなあ、おれんとこ」

みんな口々に勝手なことをいう。口調は冗談半分だが、そのなかに、ほんの僅か本音がまじっている。

「貰っといてよかったな。本当にいいコートだ」

水木はよっぽど気に入った様子だった。

「そうかい。トレンチ・コートと、どっちを貰おうかと思ったんだけど、結局こっちにしたんだ」

「親父さんの年でトレンチ・コートか。恰好いいなあ」

「そのトレンチは、四番めの兄貴んとこへ行ったよ」

「トレンチより、こっちの方が値打もんさ」

「そうかな」

そのコートは、紺色のカシミヤである。大柄な伊波は、それを着ると、ぐっとひきたって見えた。

「それを着てるときはな、ヘラヘラ笑っちゃいけねえよ。背筋をしゃんと伸ばして、ゆったりした表情で、歩き方もゆったりだ。どうしたって社長に見えるぞ」

みんなの助言で、伊波は、自信がついたようだった。昔からの癖で、つい猫背になるのだが、気がつくと慌てて背筋を伸ばした。

「おい、〔グレ〕のたまきが、いってたぞ。伊波さんって案外スマートなのねえ、って」

今井が、そんな噂を聞き込んで来て、仲間に披露した。

「ほうら、あのコートが物をいってるんだ」

佐々木は手を打って喜んだ。

「あいつ、猫背さえ直りゃ、結構見られるんだよなあ」

と、水木もいった。

その、たまきの居る店で、水木たちは、たまきから、別の話を聞いた。

「伊波ちゃんって、泣かせるんだわあ」

たまきは、そういう。

「おや、なんて」

「ねえ、モンテーニュって、小説家、それとも詩人」

「待てよ。モンテーニュってのは、フランスだよな」

「そうだよ。フランスの……ありゃなんだい、……思想家か」

「たしかそうだ。そのモンテーニュがどうしたんだ」

「その、モンテーニュと同じなんだって、伊波ちゃん……」

「どうして」

「そのモンテーニュが、やっぱり亡くなったお父さんの、古ぼけたコートを、いつも着てたんだって」

「へえ、そりゃ初耳だ」

「しっかりしてよ。水木ちゃんたち、みんな仏文出てるんでしょ」

「そうだったかな。おい、おれたち仏文科だったか」

「どうだったかなあ。とにかく学校へ行った記憶なんか、まるでねえもん」

「やあね。なんだろうね、まったく」

「それで、お古のコートを着て、どうしたんだ」

「それを見て、モンテーニュの友だちが、いい加減に新しいのを買ったらどうだっていったんだって」

「そうかそうか」

「そうしたら、モンテーニュがね、いったんだって」

「そうかそうか」

「ちょっと、今井ちゃん、ふざけないで聞きなさいよ。モンテーニュは、なんていったんだと思う」

「丸にビの字で、買えないって」

「そんなこといわないわよ。こういったの。ぼくは、こうやって親父にくるまってるのが好きなんだ、って」

「さーすがあ」

「伊波ちゃんもいうの。ぼくの気持もモンテーニュとおんなじだ、って。ねえ、泣かせるじゃない」

「てへへへ」

「変な声出さないで。伊波ちゃんって温かいのよね」

たまきは、満更ではないような顔をした。

「お前さんたちが、猫背ネコゼってやかましいから、気になっちゃってさ。無理に背中を伸ばしてるだろ。だから、背中が痛くて」

伊波は、水木たちに会うと背中をさすりさすりこぼした。

「いい機会だ。この機会にいい習慣をつけときなよ」

水木たちは反撃した。

「背中丸めてると、爺むさくっていけねえ。しゃんとしてないと、本当にいきおくれちまうぞ……」

彼等が誉《ほ》めそやしたせいかどうかは解らないが、伊波はそのコートをたいへん愛用しているようであった。

伊波は蘭に入ってくると、丁寧にそのコートを脱ぐ。ごく上等の生地から発散するいい匂いが、あたりにかすかに漂う。その匂いのなかに、香料の匂いもする。

「いい匂い」

コートを受けとったサチ子がいう。

「これ、お父さまの残り香なの。とってもセクシイ」

「おいおい」

水木たちは、にやにやする。

「ああ、イッちゃいそう」

サチ子が、コートに顔を埋めて、ふざける。

「おだやかじゃねえな。……伊波、お前、オーデコロンなんかつけてるのか」

「ああ、親父の使いかけがあったもんで、そいつも頂いたんだ」

伊波は、澄ましてそういった。

そして、

「サッちゃん、ちょっと、それ、取ってくれ」

と、サチ子に、コートを取らせた。

「面白いもの、見つけたんだ。ほら……」

伊波は、コートをひろげると、水木に、袖口から手を入れてみるようにいった。

「なんで……」

「まあ入れてみろ」

伊波はにやにや笑っている。

「……そんな奥じゃない。袖口のそば」

水木の手には、なにも感じられなかった。

「よし、それなら、今度は解る筈だ。このあたりに、かくしポケットがついてるんだ」

いわれたあたりを探ってみると、なるほど、それらしいものがあった。

「あったろ。実にうまく出来てるんだ。見てごらん」

袖を裏返しにすると、裏地の縫い目を口にして秘密の小さなポケットが巧妙につけてあった。

「はあ、こりゃ驚いた」

一同は目を丸くした。見ただけではとても判別出来ない。まして、コートの表側から触れただけでは、誰も気付きようがない。

「ふうん、仕立屋の仕事かね」

「そうだろうな。初めっから註文したんだろうね」

「おれも、こういうポケットが欲しいな」

「実際うまく出来てるよな。袖口から手を突っ込めば、着たまんま使えるんだ」

「用意周到ってやつだな」

水木たちは顔を見合せて、思わずにやりとした。

「奥さんだって、コートの袖まで引っ繰り返して調べやしないしなあ……」

伊波も、初めは全然気が付かなかったそうである。或るとき、本当に偶然見付けたのだという。

「ひと月も着続けてなあ……。それも、たまたま袖口に手を突っ込んだから……」

そうでなかったら、今でも、そんなかくしポケットの存在なんか知らなかったろうね、伊波はそういった。そんなものを見付けた為か、彼は、そのコートに益々愛着を感じているようだった。

その後、しばらくして、或る晩、水木と伊波が蘭で飲んでいた。

ほかに客もいないし、サチ子も風邪で休んでいた。静かな晩だった。

水木が、ふと、こんなことを伊波に聞いた。

「あの晩、つい聞きそびれたんだけどね」

「なにを」

「あの秘密のポケットさ、親父さんの」

「うん」

水木は、コート掛けに吊るしてあるそれを眺めながらいった。

「あれ、空っぽだったのかい」

そう訊ねられて、伊波は、ちょっとの間、口をつぐんでいた。

「何も入ってなかったの」

「……いや」

伊波は少したためらって、やがてこう答えた。

「入ってた。紙きれが一枚ね」

水木がそれ以上聞いていいものかどうか迷っていると、伊波は、

「……いや、いいんだ。聞いて貰おうかなと思ってたところなんだ」

と、坐り直した。

「実はな、なかを探ってみると、小さな紙きれが一枚入ってて、それに、電話番号がひとつ書いてあった」

「ふうん」

「電話番号だけなんだ。名前もなんにも書いてないのさ。困ったよ」

伊波は、グラスを取りあげると、ぐるぐると手の中で廻した。氷が鈍い音を立てた。

「迷ったねえ。どうしようかと思って……。なんだか解らない。会社なのか、店なのか、個人なのか、相手の見当がつかない」

「そうだな」

「もちろん、お袋にも話せない。内緒の番号だから、多分女性だろうとは思ったけれど、名前も解らないいんじゃ、どう掛けたもんか、いや、参った」

水木は固唾《かたず》を飲んで、聞き入っている。

「随分迷ったんだよ」

伊波は、心中を察してくれというように首を振った。

「それでも、やっぱり好奇心を抑えきれないんだよねえ。思い切ってダイアルを廻してみたんだ」

「うん」

「女の声が出たんで、ハッとしたら、テープなんだよ。この番号は只今使われておりません……、あれだよ」

「ふうん」

水木が、がっかりしたような声を出した。

伊波は笑っていった。

「がっくりしたろう。おれもがっくりしちゃった」

「どういうことかね」

「そりゃ、おれにも解らない。……でも、内心ホッとしたところもあるよ」

「調べる手はある筈だがなあ」

水木はいかにも残念そうである。なんとかして相手を確かめたいらしい。

伊波はにやにやして、

「あんたは口惜しいだろうけど、おれはもういいよ……」

と、手を振った。

「……この件に関しては、チョン」

そして、ゆっくりとグラスを傾けて、のどをしめすと、

「……だってさ、もし、電話に、それらしい年輩の女性が出てさ。その女性が三十年も前からの関係で、それだけじゃない、娘が一人いてなんてことになったら、こりゃ、聞き流せないことになるぜ。娘となれば、おれとは兄妹だぜ」

「いいじゃないか。美人かもしれない」

「馬鹿いえ。それで、もしうまく行ってたんならいいけれど、母娘して親父を恨んでたりしたらえらいこったぜ。おれだって立つ瀬がないや」

「だって、親父のしたことの責任を負うわけにもいかないだろ。知らなかったんだもの」

「でも、そういう風には思いたくないんだよなあ。折角なら、いい親父だったで済ませたいし」

「それにさ、案外若くて美人で、親父さんよりあなたの方がずっといいわ、なんて」

「アホか、こん畜生」

二人とも、ぷっと吹き出した。

すると、だしぬけに、蘭子が唄い出した。

高い、澄んだ声である。

親父　親父と
威張るな　親父
親父　倅のネ
抜け殻さ
ダンチョネ……

二人が思わず聞き惚れるような、うまい節廻しだった。

「ほう」

「やるやる」

二人が声をあげると、蘭子は、柄にもなくちょっと赤くなって、

「こんな唄、知ってるなんて、お里が知れるね」

と、照れた顔をした。

蘭子がそんな顔をするなんて、二人が此の店に通うようになってから、初めてのことだった。

なみだ壺

師走に入って、急に冷え込みの厳しい日が続いた。

こんな時、出井は、毎朝起きるとすぐ、朝刊に目を走らせる。問題は、黒の傍線を引かれた名前である。

覚えのある名前を見つけて、歎息を洩らすときもあれば、運よく、知らない名前ばかり並んでいる日もある。見終って、思い当る名前がなかった日は、陽差しまで、ぬくぬくと暖かいような気がする。

物故者の年齢は、まちまちであった。さすがに出井のような四十代はすくない。それでも五十代は珍しくないようである。出井は、それほど想像力に富んではいないが、四十五十で仆《たお》れる人達がいることに、ぞっとする。

働き盛りの男が仆れるのは、やはり身体の酷使と心労だと思う。風当りの強い場所に立っているということがよくわかる。死因はなんであれ、討死という感がある。

その日の朝刊にも、見過しに出来ない名前があった。出井の会社と、仕事の上で密接な関係にある役所の高官である。

出井の仕事のひとつは、社の内外を問わず慶弔の場合の、対応と手配であった。相手の地位や、会社への影響力に応じて、それに見合う儀礼をつくす。簡単にいえば、松にするか、竹か梅かを決める。竹と梅の場合は、ほぼ出井の責任の範囲内で済ませられるが、松の位となると、そうはいかない。その高官の場合も、出井の独断で出来る範囲を越えていた。

出井はとりあえず、新聞を読み返して、記事中の病院に電話を掛け、状況を問い合せた。そして、二三の上司に内報を入れた。彼等は皆早起きなのが有難かった。

次に、もの馴れた社員を選んで、病院と、留守宅に配置する手筈をしなければならない。差し出た印象を与えてはいけないし、遅くてもいけない。この辺の呼吸は微妙である。出井は、何度か派遣された経験を持っているが、不祝儀の場合は特に神経を使う必要があった。

出井の権限で出来ることは、当面、そのあたりまでだった。

彼は朝めしを簡単に済ませて、家を出た。

私鉄の駅までの道は、まだ冷えきっていて、低く鈍い陽差しは、ただ眩《まぶ》しいだけだ。それでも、彼は、陽の当っている側を選んで歩いた。

「ああ、御苦労さん。さっき社長に電話して、相談してみた」

出井の顔をみると、専務の笹田は、そう、声を掛けた。

出社すると、すぐ笹田に呼ばれたのである。

社長は、ニューヨークに出張していた。時差でいうと十四時間ある。向うは午後の七時。ホテルにいる時間ではないだろう。つかまえるのに手間取ったろうと思う。

笹田が、わざわざニューヨークまで電話したのは、社長が故人と親しかったからだ、と、出井は知っている。飛んで帰れないまでも、こうして欲しいという註文がある筈だ。そういう笹田の配慮である。

「告別式までには、なんとか帰りたいといってる。日取りは、まだなんだろう」

「まだ決っていないようですが」

「では、決り次第、知らせよう。で、それまでの手筈だが……」

「さしあたって、今夜がお通夜だそうです。私が、社員を何人か連れて行きますが」

「うん」

笹田は頷いた。出井のいおうとする事が解ったらしい。

「……会社として、誰か出さなきゃいけないな。そういうことだろう」

「そうです」

「それはね。俺も解らなくてね。うちの会社で、社長以外に誰が故人と近かったのか、そのへんを知らんのでね」

「私も、そのへんはよく知らないんです」

「それで、社長に聞いてみたよ。誰に出て貰いますか、って」

「社長、なんていいました」

「ちょっと考えてたけどね。平島君がいいでしょうって……」

「平島さんが……」

出井は、正直なところ、意外だった。平島も重役の一人だが、社長が平島を指名した理由が、どういうことなのか、彼には見当もつかなかった。

笹田は、出井の、そういう反応を予期していたようだったが、あえて、自分の意見は口に出さなかった。笹田にも、腑に落ちかねたところがあったのだろう。

夕方、出井は、軽く腹ごしらえをして、平島を待っていた。

平島は、外出をしていて、帰って来たのは、かれこれ八時を廻った頃だった。手伝いの社員は、もう送り込んである。

「御苦労さん。行こうか」

平島は、そういうと、用意の車に乗り込んだ。平島は、大柄な、どこか茫洋《ぼうよう》とした男である。出井は、こういう型の男が苦手だった。どこかしら波長が合わない。それに較べると、笹田や社長はつき合い易かった。二人とも、神経が行き届いていて、出井も感心させられることが多い。癖もあるが、それを呑み込んでいれば、安心してついて行ける。平島に対しては、どうしたら気に入るのか、応対にとまどってしまう。幸い、ふだんは接触することがないからいいのだが、こんな時には、ひどく気づまりである。

「今夜は、御苦労さまです」

「うん」

そう頷いたきり、平島はなにもいわない。出井は腹のなかで、この人は、日頃細君となにを話すんだろうといぶかった。細君が、なにかひと言いうと、うん、と頷く。それだけなのだろうか。その平島が口を開いた。

「……ここのところ、多いんだろ」

「は……」

「……こういう用事だ」

「はあ。先週が二度、今週は初めてです」

「そうか、大変だな」

しばらく間があって、平島は、ぽつりと、こういった。

「ぼかァ、葬式やお通夜が、大ッ嫌いでねえ……」

好きな人はいませんよ、と、出井は、へらず口を叩きたかった。

誰だって、面白くて行くんじゃないんです。お役目だから行くんです。それよりも、社長はなぜあなたを名指しで選んだんですか。なにか理由でもあるんなら、伺いたいもんですね。出井の腹の虫は、そんな風に呟いていた。

その家は、渋谷の奥にあった。

盛り場をちょっと入って、ゆるやかな坂を上ると、途端に、暗い森閑とした住宅地になる。長い塀ばかりが続く通りが何本も並んでいる。

訪ねる家はすぐ見つかった。すでに、黒塗りの車が列を作り、整理の男が明りを手にして、それを誘導している。

その一人が近付いて来て、近くの駐車場を運転手に教えた。手配がついているらしい。

平島と出井は、門前で下りた。古い大きな家である。近頃珍しいような大木が、家におおいかぶさっている。

「このあたりは、焼け残ったんでしょうか」

と、出井は、平島に聞いた。

「うん」

と、平島はぶっきら棒に答えて、先に立った。

門を入ったところに、天幕を設けて、受付の机が据えてあった。出井が挨拶をしながら見ると、末席の方に、会社の人間の顔が見えた。出井は、御苦労さまというように、そっとひとつ頷いた。

家のなかに招じ入れられると、旧式な造りの家のせいか、ひどく暗かった。天井や壁もくすんだ色をしているし、あちこちの電灯が全部灯されているのに、廊下や天井の隅には闇の色が入り込んで来ている。出井は、昔、自分が育った家のことを思い出した。

冷えた廊下を渡って、明るい座敷に入ると、そこには仮の祭壇が設けてあって、未亡人になったばかりのその人と親族らしい人々が控えていた。

案内して来た男が、会社の名と、平島と出井の名を告げると、顔を上げた未亡人が、一瞬驚きの表情を見せた。

そう思ったのは出井の気のせいかもしれない。

おや、と、見直したときには、未亡人は、つつましやかに頭を垂れて、平島が述べる言葉を受けていたので、その表情を盗み見ることは出来なかった。

そして、次に出井の挨拶を受けるときには、なんの変化も見せなかった。幾分面やつれして、気疲れのいろは窺《うかが》われるけれども、返す言葉は淀みなく、しっかりと気を張っているのが解った。人手を寄越して貰った礼をつけ加えるのも忘れていなかった。出井は神妙にその礼の言葉を受けて、いささか満足した。

中廊下をへだてた座敷に、通夜の客が居流れていた。中には、顔見知りも多くいた。官吏もいるし、競争相手の会社の連中もいる。席をつくって貰って、平島も出井も、その中に加わった。黙礼を交し合って、膝を崩すと、いくらか気が弛んだ。

やがて、夜食の用意が出来たので、と知らせがあって、客は思いおもいに立ち上って、別室へ流れて行った。

どこかの料亭から届けられたらしい立派な塗りの弁当と燗酒《かんざけ》を前にして、故人の兄という老人が、短い挨拶をした。

型通りの礼とともに、なにぶん今晩は冷え込むので、どうぞよろしく温まって、風邪などお召しにならないように。私もすっかり冷えきってしまって、と、つけ加えて、酒に目の無いところを見せて、座の空気をほぐした。

「いろいろ、お世話さま」

と、平島が出井の耳にささやいて、酌をしてくれた。

気がついてみると、平島は、出井の知らない男と話していた。

「チイ子も、老けたな」

と、その男が、平島にいっている。

「……うん」

会話の調子からすると、学生時代からの友人という感じである。

「あの頃を思うと、隔世の感がある」

「……うん」

平島の答えは、上の空のように聞える。

「この家も古いなあ。昔っから古かった。お前もよく来たろ」

出井は、その話をなんとなく聞いていた。

誰かが男を呼びに来た。中野さんと呼ばれた男は立って行った。

出井がそっと平島の顔を盗み見ると、平島はいつもの顔をしていた。茫洋として、なにを考えているか解らない表情である。そして手酌で、ゆっくりと飲んでいる。

二人は頃合いを見て、引き揚げることにした。

玄関で靴をはいていると、ずっと姿を見せなかった未亡人が、急ぎ足に出て来た。

靴の紐を結び終った平島が、彼女に気がついて、幾分たじろいだ様子を見せた。

未亡人の方は、真っ向から、平島を見詰めていた。出井の目には、大柄な平島が、すくんでいるように見えた。

「有難う。よく来て下さったわ」

彼女は、親しい友人に話し掛ける口調で、そういった。

「……やあ……」

平島は、はにかんでいるようだった。

「……もっと早く来て下されば」

彼女は、とぎれとぎれにいった。

「そうしたら、あの人だって、きっと……」

平島は、ゆっくり首を振った。すこし硬い声でいった。

「もう来ないつもりだった。……でも、やっと来たんだよ。さっき、あいつにも、そういったんだ」

未亡人の顔が急にゆがんだ。そして、袂《たもと》で顔を覆った。

平島は、やさしい声でいった。

「チイちゃん、……君に上げるものがあった。今度届けるよ」

そういうと、平島は、ひとつ頭を下げて、玄関を出た。出井は慌てて彼の後に続いた。

外気は冷えきっていた。

二人は無言のまま、駐車場を探し当て、待っていた車に乗り込んだ。

二人の気配を感じ取って、運転手も口を慎んでいた。

しばらくして、平島が口を開いた。出井には、それが、ずっと、遙か遠くから聞えてくる声のように感じられた。

「遅かったな……。遅かった。……なんで、もっと早く……」

その語尾がだんだんと震えてきて、平島は泣いた。号泣した。出井も、運転手も、ひっそりと黙ったままでいた。

社長の長尾は、予定を切り上げて、急遽ニューヨークから帰って来た。そして、出井から、報告を受けた。

出井は、一部始終を報告したが、帰りがけの部分の話だけは伏せておいた。

そして、疑問の部分を質問してみた。

「教えて頂きたいことがあるんですが、いいですか、社長」

長尾は、頷いた。

「いくらか解ってきたんですが、社長が平島さんをお名指しになったのは、平島さんと故人が知合いだと知ってらしたからですか」

「そうだよ」

と、長尾は、また頷いた。

「……平島と、死んだ三村は、中学の同級生なんだ。それに、僕もね」

「社長もですか。じゃ、平島さんと社長も同級生なんですか」

「そうだよ。知らなかったかな」

長尾はとぼけた顔でいった。

「すると、……でも、三村さんの奥さんは、なぜ平島さんを知ってるんですか」

長尾は、にやにやした。

「なにか気が付いたことがあったかね」

出井は、話したものかどうか迷ったが、結局、その夜に起ったことを、洗いざらい話す羽目になってしまった。

長尾は、じっと聞いていたが、やがて、

「そうか、やっぱり気にしてたんだな」

と、呟いた。

「誰がですか」

「平島さ。三村って奴はね、死んでからあれこれいいたくはないが、ちょっと厭な奴だった。その三村に彼女を取られて、それから絶交したんだよ。もう二度と会わないと断言したんだけれど、腹の底じゃ、やっぱり悔んでたんだろうな。気のやさしい奴だもの」

「社長は、承知で平島さんを行かせたんですか」

「おいおい。僕は、ただ、こんな機会にでもチイ子と平島を会わせてやったらどうかと思っただけなんだよ。それに、遅まきでも、三村にひと言、なんかいってやれば、平島も肩の荷が下りるだろうと思ってさ……。そんな顔をするなよ。別に意地悪でやったことじゃないんだぜ」

出井は、やっと呑みこめたように思った。

「あの奥さんは、平島さんもやっぱり好きだったんでしょうか」

「そうだと思うよ」

「そうですか、三角関係のもつれなんですかね。それが、死ぬまで尾を引くなんてなあ……」

長尾は、いくらか真面目な調子で、それだけじゃないだろう、といった。

「まだ、なにか、いうにいわれない事情がからんでるんだろうと思う。それがどんなものかは解らないが、……それはまあ謎のまんまだろうな」

それにしても、いろいろ気を使わせて、たいへんだったね、と、長尾は、出井をねぎらった。

その夜以来、平島と出井は、以前より親しく口をきくようになった。出井が平島に対して抱いていた気づまりな感じは、すっかりなくなって、気易くものがいえるのは思わぬ収穫だった。

平島の方も、気を許したようなところがあった。

出井は、ある時、ふと思い出したことを、平島に聞いてみた。

三村の未亡人に、なにか上げるものがある、と、平島がいっていたことを思い出したのである。すると、平島は、

「よく憶えていたな」

と、苦笑して、贈ったものの正体を出井に教えた。

それは、なみだ壺、と呼ばれる小さな年代ものの硝子の壜《びん》だった。なんでも、ペルシャあたりの窈窕《ようちょう》たる女たちが、流した涙の雫《しずく》を受けて溜めたといわれる、世にも美しい小壜なのだそうである。

出井は、それを聞いて、内心大いに打たれるところがあった。

その話は、どこからか社内に洩れて、それを耳にした若い女子社員たちは、わあ、ロマンチック、と、胸を抱き、うっとりと目を細めた。

そのドアを通って

とも代が珈琲を入れていると、客の森田が冷かした。

「絵になるねえ……」

「え」

「姿が絵になってる」

「……笑わさないでよ。かんじんなとこなんだから……」

とも代は、ちょっと息を継いで、お湯のポットを持ち直した。

「……ああ、重い」

「手伝おうか」

とも代はくすくす笑った。

「……調子のいいことといって……。駄目よ、これはあたしの仕事なんだから」

とも代は、昔ながらのドリップ式で、珈琲を入れる。

今は紙のフィルターで、一人前ずつ入れるやりかたが全盛である。硝子のサイフォンを使っている店も多い。でも、とも代は、ドリップが好きで、変えるつもりはない。表の看板にも、メニューの端にも、本格的ドリップ・コーヒーの店、エトワールと書いてある。

一度に十人分ずつ、これが、彼女の入れかたである。一人前だと充分に珈琲の成分が出きらないように思う。十五人分、二十人分を入れようとすると、今度はポットの湯の重さが、彼女の腕力を越えてしまう。それで、十人分ずつなのである。それでも手首から肩へ、ずっしりと重みがかかる。

片面ネルのフィルターに、人数分の、ひき立ての粉を入れ、熱湯をさっと含ませて、粉がふくらんで来るのを見計らう。

そのふくらんだ山を崩さないように気を配りながら、熱湯を注いでゆく。なんでもないことのようだが、その呼吸が難しい。

上から、ぼとぼととお湯を落したのでは、湯が粉を叩いて、せっかくふくらんだ山を台無しにしてしまう。盛り上った山のなかに、充分な熱がこもって、珈琲の粉の粒子が蒸し上げられ、エッセンスが抽出されるのだという。

細かく泡立った表面は、ますます盛り上って来る。しゅんしゅんと、湯の鳴る音がする。そして、やがて、ぽとり、ぽとりと、抽出された濃厚な珈琲の雫が落ち始める。とも代は、この瞬間がなによりも好きであった。

ポットの熱湯は、絶えず、油断なく注がれなくてはいけない。布のフィルターの内部の熱を一定に保つ必要がある。息をつめて、丹念に湯を注いでいると、自然にとも代の唇は前へとせり出し、ひょっとこの口になる。自分でもそれを気にしてはいるが、とめようがない。

張りつめて此の作業に没頭していると、なにもかも忘れてしまう。なにも目に入らないし、店にいるのを忘れることもある。珈琲の湯気でのぼせてしまって、入れ終ったときには、頭がぼうっとしていて、現実に帰るまでにしばらく時間がかかる。気が疲れる作業だけれど、楽しい。この小さな珈琲店からあがる利益は、ごくささやかで、女一人の暮しを支えるのにやっとだし、定連の客たちとのつき合いも、楽しいといえば楽しいが、結局その場限りのものでしかない。とも代にとって、店を続けている最大の理由は、やはり、珈琲に惹かれて、というしかなさそうである。

エトワールを開いたのは、とも代の父親であった。

戦前、映画の大部屋の俳優だった彼は、戦後その稼業に見切りをつけて、珈琲屋の店主になった。器用な人だけに、すぐ仕事も覚えて、珈琲を入れる手つきも堂に入っていた。

私鉄の駅前という地の利もあったし、店はなかなか繁盛した。昔の仲間たちも、思い出したようにやって来て、珈琲を飲んで行った。

なかには、かなり顔の売れた俳優もいた。

彼は、ひとくち珈琲を飲んで、

「ほう」

と、呟いた。

「――ちゃんにこんな腕があるとは思わなかった」

「珈琲だけは沢山飲んだからね」

と、父親は、やはり嬉しそうだった。

「俺も、今にこんな店を持ちたいもんだ」

その俳優は、まんざらお世辞でもなさそうな調子でいった。まだ学生で、店を手伝いに来ていた頃のとも代は、父親よりずっと偉い筈の俳優が、なぜそんなことをいうのか不思議に思った。その後、その俳優は、次第に落ち目になって、名前も聞かれなくなった。

とも代は結婚したが、数年で夫をなくした。

そして、所在のないままに、父の珈琲店をまた手伝うようになった。手伝っているうちに、これも悪くないと思うようになった。

客商売だから、厭なこともあるが、ちゃんとした珈琲を手頃な値段で飲ませていれば、なんとか成り立って行く。それが気楽であった。

「慾をかいたら、駄目さ」

父親は、よく、そういった。

「素人商売なんだから、つぶれなきゃ上等」

その父親が、卒中であっけなく死んでからも、エトワールの営業方針は変っていない。店を売れ、という話もあったし、建て直してもっと盛大にやらなければ勿体ないと説く人もいた。とも代自身に縁談もあった。結婚して家庭に入ってしまうのもいいな、と思ったこともある。しかし、結局、なんとなく独身のまま店を続けることになって、もう十年の余になる。

定連の森田は、しばらく油を売ってから出て行った。

森田の事務所は、二三軒先の小さなビルにある。事務器械の類を扱っている会社である。仲間と連れ立って来る時もあるし、客を連れて来ることもある。気軽な男で、とも代と軽口を叩き合う仲である。

それとなく、好意を示すこともあるが、とも代は気付かない振りをして、やり過した。嬉しいと思う反面、どうも気持が竦んでしまう。気持に波風が立つのが億劫であった。森田は察しのいい男で、それ以上は踏み込まない。冗談にまぎらして、気を変えてしまう。

どっちみち、森田には妻子がいる、と、とも代は思っている。

エトワールには、カウンターのほかに、テーブルが三つしかない。

その一つに、客が一人坐っていた。

見たことのない顔である。

小柄だが、がっちりした体つきで、ゴルフ灼けだろうか、よく日に灼けている。

その客が入って来たとき、とも代は、なんとなく厭な印象を受けた。粘りつくような、暗い目つきをしている。

暴力団だろうか、と、思ったが、物腰は尋常だし、なりも普通である。ただ、視線だけが気になった。

男は、珈琲を頼むと、レインコートのポケットから、畳んだ新聞を出して読み始めた。

森田と話しながら、とも代は、時々、男の様子を見ていた。

彼はゆっくり新聞を読みながら、ときどきカップを取り上げて、うまそうに珈琲を飲んでいた。

森田が出て行ってから間もなく、若い客が入って来た。入口に近い方のテーブルには、先客がいる。若い男は、ちょっと迷ってから一番奥のテーブルに席を取った。

「アメリカン、貰おうかな」

その若い男は、そう註文した。

とも代の店には、アメリカンはない。

それをいうと、若い男はあきらめて、普通のブレンド珈琲を頼んだ。

若い男は、落ち着かないようだった。貧乏ゆすりをし、ちらちらと、窓越しに表を眺め、間断なく煙草を吸っていた。誰かと待ち合せをしているように見えた。

とも代の店には、さまざまな種類の客が出入りする。ただし、珈琲だけの店だから、自然、女の客は限られる。男の客も、たいてい一人か、または二人連れくらいが多い。その姿はさまざまだった。

放心したように天井を眺めたままの客がいると思えば、珈琲を慎重に味わって行く客もいる。スキー帰りの若者もいるし、駅前に買物でもしに来たらしい老人もいる。手帖をひろげて、丹念になにか書き込んでいるセールスマン風の男もいるし、競馬か競輪の新聞に印をつけているサラリーマンもいる。

カウンターの中から、こういう男たちの姿を眺めているのは、とも代の特権である。

客の目からすれば、とも代は、壁やテーブルなどと同じく店の一部にしか見えないようで、めったに注意を払うことはない。たまに視線が合っても、おや、そこに居たのか、という程度の反応しか示さない。とも代の方は、長年の間に身につけた習慣で、背後の壁に融けこむような積りで、つとめて目立たないように振舞っている。これも父親から教えられたことであった。

父親は、また、娘に、こう教えていた。

「ドアの出入りだけは、ぬかりなく目を配っておけよ。これは商売の基本だ」

それは、素人商売を始めた彼の、自戒の言葉でもあるらしかった。店を始めた当座、彼は、ドアが開閉するたびにチャラチャラと賑やかに鳴るカウベルのような装置をつけたが、やがて商売に馴れると、耳障りだといって、それを取り外してしまった。実際のところ、その音は、役に立つのを通り越して、心臓をどきっとさせる効果の方が強かった。そして、そんな装置がなくても、人の出入りに気を配る習慣は、すぐについた。

「入って来た瞬間に、その客の印象を、しっかりと摑んでしまわなきゃァ駄目だ。ひと目で覚えちまわなきゃァ」

そして、彼女がよく覚えている父親の言葉は、こうである。

「いつか、あのドアから、お前の人生を変えてしまうような、そういう男が入って来るかもしれないんだぜ」

最初に彼女の人生を変えた男、つまり亡夫だが、彼は、そのドアから入っては来なかった。それでも、父親のその言葉は、とも代の心のどこかに、今でも引っかかっていて、店のドアが開くたびに、ほんのかすかな期待が、ひょいと頭をもたげる。一日に幾十回となく感じるその僅かな、束の間のスリルも、店に立っているが故の楽しみであった。

そして、すっかり馴れっこになっている筈なのに、とも代は、時々、不思議な感慨に囚われることがある。ただ、珈琲の店という看板がかかっているだけのことで、見ず知らずの男や女が、なんの疑いもなく、ドアを押して入って来る。そのことが不思議なのである。無感動に入って来て、珈琲を飲み、無感動に出て行く。それが冒険にも似たことなのにまるで気付いていない。とも代は、そんなふうに考えるとすっかり興奮して、黙っているのが苦しくなってしまう。ふっと思い立って、この店に入って来るのが、その客にとって何百万何千万分の一の偶然の結果であるかもしれないのに……。そんな夢想に囚われ出すと、とも代の思いは、とめどなく漂い始める。

森田は、そういうとも代の様子を、いつも敏感にキャッチしてしまう。

「なんだい、またぼんやりして……」

森田は、にやにやしながらいう。

「羨しいよ。誰のこと考えてるんだろう」

とも代は、不意をつかれて、慌ててやり返す。

「そんなんじゃないわよ……」

そして、取って付けたように、

「……税金のこと」

と、いい逃れめいた返事をして、内心、そのわざとらしさを後悔する。

とも代が、例によって、そんなとりとめのない思いにふけっていると、ドアが開いて、新しい客が入って来た。

中年の、すこし草臥《くたび》れた感じの男である。

男は店内を見廻すと、まんなかの、空いているテーブルに、もぞもぞと席を取った。

そして、もう一度、店のなかをぐるっと眺め廻すようにしてから、

「珈琲」

と、いった。

客の横に立った。
その男は、自分の身体で、通路をふさぐようにして、まんなかのテーブルの、今入って来たなくなった。
ルに坐っていたがっちりとした男が、立ち上った。それで、とも代は、カウンターから出られ
とも代が、水のグラスを運ぼうとして、カウンターを出ようとした時、入口の近くのテーブ

「――だな」

男は、その客の名前を呼んだようだった。

新しい客は、顔を上げて、じっと、その、立ちふさがった男を見つめた。

男は、もう一度、名前を繰り返した。

客の顔が、ぴくぴくと動いたように思えた。

「お前を逮捕する」

男は多分そういったような気がする。

とも代は呆然としたまま、目の前の男たちを見ていた。

いつの間にか、先客の若い男も立ち上っていた。二人で、その新しい客を前後から挟みうちにする恰好になっている。

事は、びっくりする程、短い間に終った。

がっちりした方の男が、客の腕を摑んで立たせた。抵抗する気配はなかった。

ドアが開いて、もう一人、男が入って来た。そして、その客を囲むようにして、男たちは出て行った。店のなかは、あっという間に無人になってしまった。

とも代は、水のグラスをのせたお盆を、カウンターに置くと、しばらくそのままの姿勢で立っていた。胸が烈しく波打つのが自分でもわかった。一瞬であったけれども、今見たことは、強烈に彼女の脳裏に焼きついていた。なんだか眩暈《めまい》がするような気分だった。

「捕物があったんだって」

と、森田が入って来るなり、そういった。

「そうよ。昨日」

「惜しいことしたたな。見たかった」

「だって、立ち廻りがあったわけじゃないのよ。ほんとに、あっ、という間」

「そうかね。どんな奴だった。その犯人」

森田のほかに、定連が何人かいた。

そこで、とも代は、前の日に起ったことの一部始終を話して聞かせた。その客の人相も、刑事たちの様子も、こと細かに説明した。自分でも驚くほど、よく細部まで覚えていた。

「ふうん、落ち着いてたんだな。よく、そこまで見てたもんだ」

森田は感心したようにいった。

「珈琲代はどうした。ちゃんと取り上げたろうね」

と、一人がいった。

とも代もうっかりしていたのだが、刑事たちは珈琲代を、ちゃんとテーブルに置いていた。

「犯人は」

「まだ珈琲を出してなかったの」

「そりゃよかった」

一同は頷き合って、あらためて、ふうん、と、歎息を洩らした。

「まったく、考えもしなかったもんな。こんな店で大捕物があるなんて」

「こんな店、は、ないでしょ、失礼しちゃうわね」

とも代が不服そうな声を出したので、森田をはじめ、みんな笑った。

その話も、すっかり飽きた頃、その時のがっちりした方の刑事がやって来た。とも代にはすぐわかった。

「あの時は、騒がせちゃったね」

藤井というその刑事は、このあたりが管轄だそうである。

「びっくりしちゃったわ。……なにをしたんですか、あの人」

「なに、けちな恐喝だけどね」

彼は、それ以上のことは、口を濁した。

とも代は、不思議でならないという口ぶりで質問した。

「どうして、あの人、うちの店へ入って来たのかしら」

「それだけどね。以前にも、一度来たことがあったらしいんだな。そういってた」

とも代は首をひねった。まるで覚えがない。

「そうかね。覚えがないか。奴は、よく覚えてて、それで、相手をここに呼び出したんだそうだ」

職業柄なのかもしれないが、藤井は探るような目つきで人を見る。とも代は、そういう無遠慮な視線が苦手である。

「こういってたよ。駅前だから逃げるのにも便利だし、美人のママがいるし、珈琲がうまいって」

彼の言葉は、どこまでが冗談なのかわからない。

「そうですか」

藤井というその刑事は、苦笑した。幾分照れているのかもしれない。そして、こういった。

「今日は、その、うまい珈琲ってのを、飲みに来たんだよ。この前は、まるで味もなにもわからなかったからなあ」

とも代の入れた珈琲を、藤井は、目を細めてゆっくりと飲んでいた。珈琲好きらしい飲みかただった。楽しんでいるのがわかった。

「エトワールって、どういう意味」

「星ですって。フランス語」

「へえ、ホシか」

藤井は、妙な笑いかたをした。ずっとあとになって、とも代は、藤井刑事がなぜそんな笑いかたをしたのか、やっと合点がいった。

疵

午後になって、石黒は、オフィスの近くのホテルのサウナに出掛けた。

夕方から、ちょっと気の張るつき合いの予定があった。それまでに、気分を切り換えておきたかった。

タオルを腰に巻いて、サウナ部屋のドアを開けると、熱気の壁が押し出して来た。

頭や胸が、無数の細かな針で刺されるように、ちくちくと痛い。

部屋のなかは、北欧風の白木張りになっていて、同じ白木の腰掛けが、壁に沿って設けてある。

先客が何人かいた。

新聞を読んでいる外人もいた。

隣の二人は、連れらしく、どこかへ旅行した時の話をしていた。石黒は、その話にちょっと耳を傾けたが、結局、どこの町のことやらよく解らなかったので、あきらめた。

サウナは、その熱気に身体が馴染むまでが辛い。

石黒は、腰掛けたまま、自分の身体を眺め廻した。色白で、胸のあたりの肉が、すっかり弛んでいる。腰掛けた姿勢のせいか、下腹がかなりせり出して見える。それに比べて腿《もも》も脚も細くて貧弱である。

四十なかばという年齢からすれば仕方ないのかもしれないが、それにしても醜い眺めだと、石黒は眉をひそめた。早いうちに、ジムに通うなり、なにか運動を始めた方がいいだろう。彼はもともと太るたちである。放っておいたら際限なくふくらんで行きそうな気がする。彼の父親は、見事な肥満体である。自分も間もなくそうなるのではないかという恐怖が、いつも彼にはある。

漸《ようや》く汗が出始めて、いくらか楽になった。

彼は額の汗を手で拭って、そのついでに、すこし離れた隅に腰を下ろしている男の様子をそっと窺った。入って来たときから気にしていたのだが、どこかで見覚えのある顔であった。ただ、裸なので、もうひとつ自信が持てない。知っているような、いないような、それで、石黒は声を掛けるのをためらったのである。

その男は、見たところ五十を過ぎている。あるいは六十に手が届いているかもしれない。じっと、腕を組み、目を閉じたまま、身じろぎもしない。

しかし、堂々とした体軀と、豊かで、見事な銀髪には、なにかしら石黒の記憶を刺激するものがあった。

誰だったろう。

石黒は、胸を伝う汗を手で拭いながら考えた。

確かに、一度ならず会ったことのある男だった。

石黒が、まだ思い出せずにいるうちに、その男は、大きく溜息をついて、腰を上げた。

余程長いこと蒸し上げたと見えて、堂々とした体が全身真っ赤になっていた。

「やあ、暑い暑い」

誰にいうともなく、そう呟いて、ドアの方へ行こうとするその男に、全員の視線が集った。

それまで、気がついていなかったのは、石黒だけかもしれない。

その男の、背中から脇腹にかけて、斜めに、大きななにかの痕がついていた。

最初、石黒は、それを、なんだろうかと思ったが、間もなく、大きな疵あとだと気がついた。

それにしても、凄い疵であった。

背中の中央あたりから、貝殻骨に沿うようにして斜めに脇腹の方へ下りている。随分古い疵のようだが、肉が抉《えぐ》れ、縫合したあとが残って、三日月形の、無惨な眺めになっている。

しかし、その男は、一同の視線も気にならない様子で、ゆったりとドアを出て行った。

「……手術のあとかね……」

誰かが、そう囁くのが、聞えた。

「さあねえ……」

「やくざかね」

「いや、そうでもなさそうだし……」

誰も彼も、その疵あとに好奇心をそそられた様子だった。

石黒も、その強烈な印象に、しばらく気を呑まれていたが、漸く、その男と、以前どこで会ったかに思いついた。

銀座に、彼がごくたまに買物に立ち寄る洋品店があって、男は、確か、その店の主人であった。

「いやいや、それはどうも……、すっかりお見それしてしまいまして……」
N、というその洋品店の主人は、愛想よく笑った。いかにも屈託のない表情である。
「私もね、どこかでお見掛けしたと思ったんだが、なかなか思い出せなくてね。これで、お互い洋服を着てりゃ、すぐに解るんだろうけど……」

石黒も苦笑した。

並んで坐っていると、その洋品店の主人の方が、ひと廻り大きい。苦労知らずに、野放図に育った三代目といった感じである。

身体を流しながら、雑談を交している間も、石黒はうずうずしていた。その疵に就て質問してみたかった。

抑えに抑えても、好奇心はますますつのるばかりだった。

目立つ疵のことだから、恐らくあっちこっちで聞かれつけているに違いない。こちらが案ずるほど、当人は気にしてはいないだろう。

気軽にすらすらと答えてくれるのではないだろうか。

そう思うと、矢も楯もたまらなくなった。

物見高いはなんとかの常、そんな言葉を思い出しながら、石黒は、ごくさりげなく、質問を口にしてみた。

「ほう、手術でもなさったの？」

われながら、どうもとぼけた質問だったが、相手は別に頓着する様子もなかった。

「ああ、これですか。どうもお見苦しいものをお目に掛けて……」

そういいながら、彼はざぶりと湯を浴びると、立ち上って、湯舟の方へ歩き出した。

そして、子供のように、ばしゃばしゃと湯をはねかしながら、大きな身体を、顎まで湯に沈めた。太い首だけねじ曲げて、石黒の方へ向けて、こういった。

「……親不孝の疵ですよ」

「え？」

「ほら、身体髪膚《シンタイハップ》、コレヲ父母ニウク、というのがあるでしょう」

「はあ……」

「敢テ毀傷《キシヨウ》セザルハ孝ノハジメナリ、そう習いましたよね」

そういわれても、石黒には聞き憶えがない。

彼がとまどっていると、洋品店は笑い出して、失礼、失礼と手を振った。

「つい同じ年代と混同してしまって……。どうですか、上って一杯やりませんか。そこでゆっくり聞いて頂こうじゃありませんか」

石黒も否やはなかった。まだ時間はあったし、なにやら面白そうな話が聞けそうな気もした。


「ちょっと前置きが長くなりますがね……」

Nの主人は、ビールのグラスを前に、血色のいい顔をてらてらさせながら、話し始めた。

「……あなた、ニュージーランドという国をご存じですか」

いきなり、そういわれても、石黒には、その国に就てなんの予備知識もなかった。多分、豪州の隣あたりの見当だろうとは思ったが、それ以上は知らない。

石黒が、首を横に振ると、Nの主人は、たいへん残念そうな顔をしたので、彼は幾分済まないような気分になった。

「だいたいの場所は解ります。南極行きの基地になったりするところでしょう」

「そうなんです。赤道をはさんで、日本と丁度対称的な位置にあるんですがね」

彼は、見事な飲みっ振りで、ビールを半分くらい流し込むと、ひと息ついて、その国のあらましの説明を始めた。

日本から、丁度北海道を抜いたくらいの面積のその国には、三百万と少しの人間しか住んでいない。そして、人口の数倍もいる羊や牛も名物だが、それ以上に、その国は釣りの好きな世界中の男にとって、まさに天国といっていい魅力を備えたところなのだそうである。

「レインボー・トラウトという魚がいますね。ええと、紅鱒《べにます》ですか、日本にもいるんですが、あすこの国は、そのレインボーの宝庫なんです。だいたい、レインボーというやつは、これ程面白い釣りものは、ほかにありませんでね……」

彼の目は、レインボーの話になると、たちまち輝きを増した。思うに、よほどの釣り好きなのかもしれない、と、石黒は腹のなかで頷いた。

「どこが面白いかというと、一旦鉤《はり》がかりすると、やつは猛烈なファイトをするんですな。素晴しい勢いでジャンプする。ジャンプしては首を振って、がっちり掛ってる鉤を、なんとか外そうとかかる。その頑張りたるや、実に大したもんですわ。敵ながら天晴れというような気になります」

「ほう」

石黒は、その魚が目の前でジャンプして、水をはね上げる姿を思った。

「白い腹が、きらきら光って、そりゃ見事なもんです。しかも、あそこのレインボーときたら、大きいのは七ポンドから八ポンド、こんなやつですから、それこそこたえられませんよ」

彼は、両手を拡げて、魚の大きさを示して見せた。その真剣な目つきを見ると、あながち作り話とも思えない。

「……そんな大物を釣ったら、さぞかし楽しいでしょうね」

「掛け値なしに感動します。ああ、これが釣師の夢だったんだな、という実感があるんです」

彼は、しばらく、その自分の言葉に酔っているようだった。そして、また、ビールのグラスを上げて、残りを一気に飲み干すと、先を続けた。

「私が、あの国へ出掛けたのは、二十年も前のことです。あの国の主な釣場は、湖と、湖に流れ込むいくつもの川なんですが、その川の上流にまた素晴しいレインボーがいると聞いて、私は、それを狙ってみようと思い立ったんです……」

「……私は、小型の飛行機に乗せて貰って、上流へ飛びました。険しい山の奥に、深い森の中を切り開いた短い滑走路が一本だけあって、やっとの思いでそこに降りると、案内人が待っていました。案内人は、その滑走路のそばの小屋に住んでいて、ハンターや釣師のガイドをしてるんだといっていました」

「私たちは、馬に乗って、もっと山深くへ入って行きました。歩いて行ったら、とても体力が続かないような所です。山間には急流が流れています。馬の上から双眼鏡で眺めると、その水の淀みに、信じられないほど大きな魚影が見えました。その時は、本当に心臓がことことと音を立てるのが解りました」

彼は、胸を押えて、何度も頷いてみせた。

石黒は、すっかり彼の物語るその世界に引き入れられていた。彼の話には、無条件でついて行ける所があった。手放しで感動している彼の様子が、たいへん快かった。

「その森の中で、私たちは、野豚に会ったんです」

彼は大きく手を拡げた。

「こんなやつです。野豚というのが、あんなに恐ろしいやつだとは、私は、それまで知らなかった……」

彼の顔は、興奮ですっかり赤らんでいた。声だけは抑えて、つとめて客観的に話を進めようとしているようだったが、明らかに興奮で目が血走っていた。

「突然、連れて来た二匹の犬が、茂みのなかに走り込んで行きました。私には何が起ったのか見当もつかなかったんですが、馬を飛び下りて、案内人の後から茂みへ入って行ったんです……」

「凄い唸り声でした。野豚の両方の耳に、それぞれ犬が嚙みついていました。野豚が暴れると、犬は振り廻されて、飛んで行きそうになるんですが、それでも、充分に訓練された猟犬なので、絶対に離しません。案内人が素早く、一本の脚を摑んだんですが、振り離されて、何度目かに、やっと両脚を摑みました。必死になって押え込もうとするんですが、力が強くて、逆に引っ繰り返されそうになるんです。案内人は懸命に、それを押えながら、私に向ってこういいました。ナイフで、こいつの喉を切れ、早く、というんです」

彼は大きく溜息をついた。

「私も、それまで、親父についてハンティングに行ったことはあります。しかし、せいぜいが鴨《かも》撃ちで、危ない思いなんかした経験はあまりありません。いわれるままに、ナイフは抜いたものの、手に持ったまま、ぽかんとしていました……。

案内人は何度も叫びました。こいつの喉を切るんだ、早く、早く……。

野豚の方も必死だったんでしょう。私が突っ立ったままでいると、最後の力で、案内人の手を振り払って、猛然と起き直りました。

私は、身の危険を感じて、なんとか、やつの突進を避けようとしました。案内人が、なにか叫びました。なんとか身をかわした積りだったんですが、凄い力で、木の幹に叩きつけられました。その横を、急行列車のような勢いで、野豚が通り過ぎて行きました」

今度は、石黒の方が溜息をつく番だった。

「その時にやられたんですか」

「うまくかわした積りだったんです。案内人が、大丈夫かと聞くので、大丈夫と答えたんですが、気がつくと、着ていた厚いシャツが千切れていて、背中がざっくりとやられていました。

牙でしたたかにやられたんですね。それまで気は確かだったんですが、急に力が抜けて、気を失ってしまったようです」

「ふうん」

「気がついたときには、飛行機に乗せられるところでしたよ……」

「凄い話ですね。危機一髪というところだなあ」

「そう。まさに危機一髪でした。ほんの少しの差で、あの世へ送られるところだったんでしょう。戦争中は、何度か、もっと危ない目に会いましたがね。平和になってから、生死の瀬戸際という目に会ったのは、あれ一度だけですよ」

彼は、話し終って、またビールのグラスを取り上げたが、それはもう空になっていた。

彼は手を上げて、自分のと、それから石黒のと、二杯のビールを注文し、それが運ばれて来ると二人は乾杯した。

「名誉の疵の為に」

と、石黒がいうと、Nの主人は、破顔して、

「野豚の為に」

といって、グラスを上げた。

そして、

「一度、あの国へ行ってごらんなさい。舌っ足らずないい方だが、本当に夢のようなところで

すよ」

と、石黒にすすめた。


その後、しばらくして、石黒は、会社の帰りに、銀座の、Nというその店に寄った。主人の顔を見がてら、春もののネクタイでも冷かそうと思い立ったのである。

店先には、あの主人の顔は見えなかったが、店員のほかに、細君らしい女性がいた。念の為に聞いてみると、主人は用足しに出掛けているという答えだった。

石黒は、なんとなく心残りがして、並べてあるネクタイを見くらべたりしていると、その細君らしい女は、さりげなく、そばへ寄って来た。

「……この間は、ご主人に面白い話を聞かせて貰ってね」

と、石黒が話しかけると、女は、

「はあ」

と、けげんな顔をした。

「冒険の話ですよ。ニュージーランドの……」

石黒が念を押すと、女はますます不思議という顔になった。

「なんのお話でしょう」

「ほら、ご主人の、例の疵の話ですよ。野豚にやられた……」

すると、細君は、当惑したように首を傾《かし》げてこういった。

「あの疵は、裏の物干しから落ちて、その時につけた疵ですけれど……」

石黒は、開いた口がふさがらなかった。

「それじゃ、ご主人は、ニュージーランドへは……」

「まだ参ったことはありません。当人は行きたくて行きたくて仕方がないようですが……」

そこで、細君は、口を押えるようにして、くすっと笑った。それ程とっつきの悪い女ではないようだった。

「……あの人、あんななりをして、ひどく神経質で、飛行機も船も、まるで駄目なんですの」

「はあ」

「ですから、汽車で行けるところだけ」

石黒は、やられたと思った。しかし、やられたと解っても、悪い気はしなかった。出来れば、あの男のような法螺《ほら》を、自分でも一度は吹いてみたい気がした。

〔1985年8月『曲り角』初刊〕

P+D BOOKS ラインアップ

大陸の細道 木山捷平 ●世渡り下手な中年作家の満州での苦闘を描く

変容 伊藤整 ●老年の性に正面から取り組んだ傑作長編

若い詩人の肖像 伊藤整 ●詩人の青春期の成長と彷徨記す自伝的小説

好きな女の胸飾り 舟橋聖一 ●若き妻と学生を接近させる夫の屈折した心理

淡雪 川崎長太郎 ●私小説家の〝いぶし銀〟の魅力に満ちた9編

女のいる自画像 川崎長太郎 ●私小説作家が語る様々な女たちとの交情

P+D BOOKS ラインアップ

暗い流れ	和田芳恵	●性の欲望に衝き動かされた青春の日々を綴る
なぎの葉考・しあわせ	野口冨士男	●一会の女性たちとの再訪の旅に出かけた筆者
草筏	外村 繁	●豪商一族の微妙な人間関係を描いた出世作
故旧忘れ得べき	高見 順	●作者の体験に基く〝転向文学〟の傑作
貝がらと海の音	庄野潤三	●金婚式間近の老夫婦の穏やかな日々を描く
せきれい	庄野潤三	●〝夫婦の晩年シリーズ〟第三弾作品

（お断り）

本書は１９８８年に文藝春秋より発刊された文庫を底本としております。

あきらかに間違いと思われるものについては訂正いたしましたが、基本的には底本にしたがっております。また、一部の固有名詞や難読漢字には編集部で振り仮名を振っています。

本文中には適齢期、女主人、使用人、マッサージの女、未亡人、労務者、父なし子、ボケ老人、外人などの言葉や人種・身分・職業・身体等に関する表現で、現在からみれば、不当、不適切と思われる箇所がありますが、著者に差別的意図のないこと、時代背景と作品価値とを鑑み、著者が故人でもあるため、原文のままにしております。

差別や侮蔑の助長、温存を意図するものでないことをご理解ください。

神吉 拓郎（かんき たくろう）
1928年（昭和３年）９月11日―1994年（平成６年）６月28日、享年65。東京都出身。1983年『私生活』で第90回直木賞受賞。代表作に『ブラックバス』『たべもの芳名録』など。

P+D BOOKSとは

P+D BOOKS（ピー プラス ディー ブックス）とは
P+Dとはペーパーバックとデジタルの略称です。
後世に受け継がれるべき名作でありながら、現在入手困難となっている作品を、
B6判ペーパーバック書籍と電子書籍を、同時かつ同価格で発売・発信する、
小学館のまったく新しいスタイルのブックレーベルです。

曲り角

2022年2月15日　初版第1刷発行

著者　神吉拓郎
発行人　飯田昌宏
発行所　株式会社　小学館
〒101-8001
東京都千代田区一ツ橋2-3-1
電話　編集　03-3230-9355
販売　03-5281-3555
印刷所　大日本印刷株式会社
製本所　大日本印刷株式会社
装丁　おおうちおさむ（ナノナノグラフィックス）

ISBN978-4-09-352434-6

P+D BOOKS